ハーレクイン・ロマンス・タイムマシン

捨てられた令嬢

エッシー・サマーズ 作

ハーレクイン・プレゼンツ 作家シリーズ 別冊

東京・ロンドン・トロント・パリ・ニューヨーク・アムステルダム
ハンブルク・ストックホルム・ミラノ・シドニー・マドリッド・ワルシャワ
ブダペスト・リオデジャネイロ・ルクセンブルク・フリブール・ムンバイ

THE MASTER OF TAWHAI

by Essie Summers

Published by Harlequin Japan,
a Division of K.K. HarperCollins Japan, 2025

エッシー・サマーズ

1980 年代にハーレクイン・イマージュで活躍した、ニュージーランド出身の作家。その古き良きクラシックな世界観は、洋の東西を問わずロマンスファンを今なお惹きつけてやまない。

主要登場人物

ロウィーナ・フォザリンガム……目の不自由な老婦人のつき添い。
ジェフリー……ロウィーナの元婚約者。
ラヴィニア・ビーチントン……ロウィーナの雇い主。目の不自由な老婦人。
フォレスト・ビーチントン……ラヴィニアの甥。相続人。
ダレル・ビーチントン……フォレストの長兄。故人。
リンジー・ビーチントン……ダレルの娘。
コリン・ビーチントン……フォレストの次兄。故人。
ヘレン・デューモア……コリンの元婚約者。

1

私は……お金ではなく私自身が好かれるかどうかを、どうしても確かめたいのよ。いずれにしろ、今は家を出たほうがいいと思うし。マーゴットに、兄さんの奥様として本来の地位を与えてあげないと。村の人は何かあると相変わらず私のところへ来る。でも私が二万キロ離れた国へ行けば、マーゴットは本当の意味でフォザリンガム家の女主人になれるわ〟

サウサンプトン港で、兄夫妻は不安を抱きつつ妹の乗った船を見送った。帰り道、マーゴットは夫に訴えた。〝ジェフリーを許せないわ。いったんはロウィーナを愛していると言いながら別の女性に夢中になっただけでも悪いのに、そもそも君に近づいたのは金のためだと明かすなんて。女なら誰でも、自分自身には魅力がないのかと考えて当然よ〟

だが、すべてはもう過ぎたこと。今ロウィーナは新しい国の新たな仕事へ向かっている。手元の二十ポンドと、荷物室の大型トランク一個、スーツケー

とうとう過去との絆《きずな》をすっかり断ち切ったわ。バスがクライストチャーチの町を出てカンタベリー平原を南へ走り始めると、ロウィーナ・フォザリンガムはそう実感した。ここでの新しい生活を経済的に保障してくれるものは、膝に置いたハンドバッグに入っている二十ポンドだけだ。

イギリスを発《た》つ前、ニュージーランド銀行に金を預けないと話すと、兄のレスターは言った。〝ロウィーナ、このばかげた計画を進めるにしても、万一のときに頼れる金は絶対に用意しておくべきだ〟

〝レスター、銀行に預金があったら、つい無駄遣いをしてまわりの人に裕福だと見抜かれてしまうわ。

ス二個に詰めた、新品ではないが上質な服とともに。

ミセス・ビーチントンが気の合う人だといいけど、とロウィーナは思った。つき添い職《コンパニオン》の求人広告に応募して採用されたのだ。南カンタベリー地方の開拓牧場であるタウファイ・ヒルズに住み込み、視力が衰えた雇い主に本や新聞を朗読する仕事だ。

ミセス・ビーチントンと電話で話をまとめてから、ロウィーナは改めて仕事を引き受ける旨の手紙を出し、現地へ到着する日時もきちんと書き添えた。

当初は固い決意に燃えていたが、今や熱が冷めて不安を覚える。エインズリー・ディーンのような快適な家に生まれ、ずっと守られてきたのに、未知の国の未知の職場へ一人で旅していくなんて。

ロウィーナは窓の外を見た。たぶんこの未開の地にも独自の魅力があるのだろうが、それを味わう心境ではない。町はどこもすてきで、クライストチャーチはまるで母国イギリスの町さながらだった。でもこの平原は広すぎて恐ろしい。南北に走る幹線道路沿いに延々と続く放牧場。東西に伸びる砂利道の先は、東は海、そして西は雪を頂く険しい山脈で、サザンアルプスと呼ばれているらしい。すべてが果てしなく大きい世界の中、自分が取るに足りない存在になった気がして、ロウィーナは心細かった。

不意にバスは幹線道路をはずれて西に曲がり、緑の丘に抱かれた南カンタベリー地方に入った。時折、板葺《いたぶ》き屋根の小さな教会や明るい校庭のある学校を囲むこぢんまりとした集落を通り過ぎたが、あたりの光景は統一感と優雅さに欠けていた。

運転手はバスを急停車させ、彼女のほうを振り返った。「降りたいと言ってた場所に着いたよ」

五本の砂利道が交差した場所は、まわりに背の高い牧草が生え、家どころか干し草の山一つ見当たらない。「いえ、降りたいのはビーチントン交差路よ。そこで迎えの方と待ち合わせているんです」

「ここがその交差路さ。〝タウファイ・ヒルズ〟と書かれた標識が立ってるだろう。迎えはすぐに来るよ。たぶんフォレストは今、手が離せないんだな」

「フォレストというのは、いったいどなたでしょうか？」ロウィーナは堅苦しく尋ねた。

「あんたの雇い主じゃないか、お嬢さん！」

「私はミセス・ビーチントンに雇われて――」

「フォレストは彼女の甥《おい》だよ。すぐ現れるから心配ないって」運転手は相変わらず気さくな口調だ。

半信半疑のままバスを降り、荷物を出してくれた運転手にチップを渡そうとしたが断られた。ここではチップの習慣がないらしい。恥の上塗りね、とロウィーナは思った。すべてがあまりにも想像と違いすぎる。もちろん、制服姿のお抱え運転手が迎えに来るとまでは期待していなかったが、鉄道の駅か、せめてパブくらいはある村を想像していたのだ。

三十分後、彼女はまだ一人ぽつんと立っていた。でも待つのはこれまでだ。とにかく人家を探し、電話を借りてビーチントン家に連絡しなくては。ただし高飛車な物言いはしないこと、と彼女は自分に言い聞かせた。車が故障したのかもしれない。あるいはタイヤのパンクとか、急病とか、迎えが遅れた理由はいくらでも考えられる。

ロウィーナは大型トランクを持ち上げ、よろめきながら道端まで進んだ。そこには、からからに乾いた側溝があった。彼女はトランクとスーツケース二個を側溝に置いた。隠す必要はないかもしれないが、このほうが安全だ。おそらくニュージーランド人は気さくなだけでなく正直だろうと思うけれど。

彼女は小型のボストンバッグとハンドバッグを持って歩きだした。標識によればタウファイ・ヒルズは十一キロ先だが、手前にほかの家があるはずだ。

思ったとおり、すぐにみすぼらしい門が現れた。でも奥に見えるのは蔓《つる》に覆われた廃屋で、誰も住んでいそうにない。ロウィーナはがっかりした。だが近づいていくと玄関のドアが開いている。彼女は家のまわりを見た。電話線は引かれていないわ。

恐る恐るドアをノックすると、中で足を引きずって歩くような音がした。ゆっくりと姿を見せたのは、だらしない服装の不潔な女性だ。年齢は見当がつかない。ぼさぼさの髪の下で目が明るく輝いている。

ロウィーナは、期待はせずに事情を話し始めた。

「それじゃ、歩くしかなさそうね」女性は甲高い声で言った。「でも大丈夫。うちの裏に近道がある。その道を三、四キロ行けば、タウファイ牧場の誰かに出会うよ。さあ、おいで。道を教えてあげる」

女性は信じられないほど汚い家の中を抜けて裏口へとロウィーナを案内した。子猫も含め十匹以上の猫を飼っているらしい。お茶を飲んでいかないかと勧められたが、ロウィーナは慌てて断った。

「迷う心配はないよ。ずっと小川に沿って歩くだけだもの。気持ちのいい散歩道さ。じゃ、また《ター》ね《ター》」

「ターター」ロウィーナはおうむ返しに応じて、浮かない顔で歩きだした。

道は必ずしも小川に沿っていなかった。流れを渡り、また戻ってくることも多い。しかも踏み板が腐っていたり踏み石がまばらだったりして、彼女は足首までぬかるみに浸《つ》かってしまった。

暑くて喉が渇いていらいらしたが、小川の水を飲む勇気はない。

突然、道は小川を離れた。広い放牧場を横切ってその先へと延びている。だが放牧場は柵に囲まれており、踏み越し段もなければ、鋭い有刺鉄線を覆う袋もかかっていない。きつく張られた真新しい有刺鉄線を乗り越えながら、ロウィーナはツイードのプリーツスカートの裾が裂けるのを感じた。

放牧場を進んでいくと何か聞こえた。蹄《ひづめ》の音だわ。田舎育ちのロウィーナには見る前からなんの音かわかったし、いつもなら牛を見ても驚かない。ところが、この雄牛は大問題だった。まだ離れているが、まっすぐ彼女に向かって突進してくる。

ロウィーナは柵際の柳の木立をめざして全速力で走った。幸い上り坂ではなかったが、暑いし疲れているし恐ろしい。木立まで行ければ、いったん木の後ろに隠れて追跡をかわし、それから木に登れる。牛は距離を詰めて迫ってきていた。

肺が破裂しそうだ。ロウィーナは最初の木にたどり着き、後ろに隠れた。雄牛は地響きをたてて木立を通り過ぎ、腹立たしげに足を止めた。彼女は隣の木まで走った。その木は低い枝があり、柵に近い。

跳び上がって枝をつかみ、なんとか這《は》い登った。心臓が早鐘を打ち、耳の奥で血がどくどくと脈打つ。息が苦しい。もっと高くて丈夫な枝をめざさなくては。立ち上がって次の枝へ登ると、枝先が柵の向こうへ垂れ下がっていた。枝を伝って隣の放牧場へ下りられるかもしれない。でもまず息を整え、隣には牛がいないことを確かめないと。そして例の凶暴な雄牛が柵を飛び越えられないことを祈るしかない。

そのとき、柵の向こう側から不意に声がした。

「やれやれ！　木に登って難を逃れたか。まったく、まれにみる運のよさだな」

運がいいですって？　激しい怒りが込み上げ、ロウィーナは柳の葉の間から声の主をのぞいた。長身で黒髪の男性が見事な雌馬に乗っている――今は馬の鑑定をする気分ではないけど。たぶん彼に感謝するべきなのだろう。雄牛に何か投げつけて暴走を止めてくれたらしい。でもほとんど私自身の力で危険から逃れたのよ。失礼な男性にひと言言ってやろうとしたが、怒りに燃える険しい口調に先を越された。

「純血種の雄牛だらけの放牧場をほっつき歩くとは、いったいどういうつもりだ。自殺したいなら、もっとましな方法があるだろう！」

ロウィーナは息を吸い、思いきり言い返した。

「ほっつき歩いてなんかいません。雇い主の家を捜していたんです。迎えに来てくださるはずの方が現れなかったせいで。落ち合う場所も日時も、きちんと手紙に書いて確認していたのに。のんきなバスの運転手にすぐ誰か来ると言われて、荒野の真っただ中に放り出されたわ。三十分待ったあげく荷物を置いたまま歩いて人家を見つけ、出てきた女性に近道を聞いたの。ところが小川を飛び越えたり有刺鉄線を乗り越えたりする羽目に陥って、靴も足もびしょびしょだわ。スカートはびりびりよ！　その上、今度はひどく無作法で思いやりのかけらもない田舎者に怒鳴りつけられ、ほっつき歩いてると非難された。それでも私は運がいいと思う？」

　息が切れて口をつぐむと、男性が笑いだした。手近に何かあれば、投げつけていただろう。ここまで殺気立ち、我を忘れるほどの怒りに駆られたのは、生まれて初めてだった。

　男性は馬を柵に近づけ、彼女を見上げた。顔には憎たらしい笑みが浮かんでいる。あの笑みを引きはがしてやりたい、とロウィーナは思った。

「この話し合いを続ける前に、木から下りたほうがいいだろう。さあ、こっち側へ下りるんだ！」

　彼女が少しずつ枝の先へ進むと、彼は馬を降りた。

「いったん、この鞍《くら》に足を下ろすといい。踏み台代わりだ。それとも、馬は怖いかな？」

「馬が怖い？　とんでもない！」ロウィーナは嘲った。品位を損なわずにこの場を乗り切るには、怒りにすがるしかない。帽子を失い、裾の裂けたスカートや伝線だらけのストッキングと泥まみれの靴をはいた姿では、品位を保つのは難しいけれど。

　慎重に枝から片脚を下ろすと、足首をつかまれて鞍に乗せられた。次の瞬間には男性に抱かれ、地面に下ろされていた。彼女が気を失って倒れるのを恐れるように、彼は両肘をしっかり支えている。

「さて、名前と行き先を教えてもらおうか」

「名前はフォザリンガム、行き先はタウファイ・ヒルズです」ロウィーナはこわばった口調で答えた。

男性は太い眉の下から彼女をじっと見た。「なんてことだ！　ミス・ロウィーナ・M・A・フォザリンガムか？」

「え、ええ。それが何か？」

彼はまた笑った。本当に癪《しやく》に障る笑い声だ。

「君のことは……六十過ぎの、やせこけた婦人だと思っていたんだ」

今度はロウィーナが彼をじっと見る番だ。「思っていたって……まさか私の雇い主のご親戚とか？」

「残念ながら、そのとおり。フォレスト・ビーチントン——甥だ。無作法で思いやりのない甥さ。君は木曜日に来るはずだったろう。火曜日ではなくて」

「火曜日です。確認の手紙にも曜日と日にちの両方を書いておきました。それを読み違えるなんて」

男性はうめいた。「僕はその手紙を読んでいないんだ。見たのは、仕事に応募してきた最初の手紙だけだ。ラヴィニア叔母さんの目は、僕たちの予想以上に悪くなっているに違いないな」

謝罪の言葉はひと言もない。それどころか、恩着せがましい嫌みな口調で彼は続けた。

「さて、家へ連れていくか。馬に乗ったことはないだろうが、歩くと遠い。僕と相乗りしてもらうぞ。スカートが台なしにならなければいいが」

「すでに台なしよ」彼女はそっけなく言った。

「台なしはスカートだけじゃないようだ」

指摘されて足元を見ると、スリップの裾のフリルが取れかけて地面に垂れている。ロウィーナは腰をかがめ、フリルを力任せに引きちぎった。

「まだあるぞ」ちゃかすように言って、彼は柵の向こうの木の下を見た。

彼の視線を追ったロウィーナの顔がぱっと紅潮した。木に登るときボストンバッグを落としたようだ。雄牛が腹いせに襲いかかったらしく、中身がそこらじゅうにまき散らされている。薄地の黄色いネグリジェが地面にふわりと広がり、ブラジャーが背の高いあざみからしどけなく垂れ下がり、踏みにじられたブラシが半ば地中に埋まっている。慌てて確かめると、ハンドバッグだけはまだ腕に提げていた。

フォレスト・ビーチントンが長い脚で柵をまたいだので、ロウィーナはすぐさま言った。

「どうぞおかまいなく。回収不能として損金処理しますから。あの雄牛がいる場所に入らないで」

彼は肩をすくめた。「メフィなら大丈夫さ」

今や雄牛は放牧場の真ん中に寝そべり、太陽の下で黒い背中をつやつやと光らせている。

「メフィ？　ずいぶん変わった名前だこと」

「メフィストフェレスを省略したんだ」

「『ファウスト』に出てくる悪魔の名前ね。ぴったりだわ！」ロウィーナはもう何も言わずに、彼が薄地の衣類を拾ってはバッグに戻す様子を眺めた。

それからロウィーナは馬にまたがる彼の前に乗った。これが悪夢ではないと頬をつねって確かめたいくらいだ。品位も冷静さも皆無だった私の愚行を、この人は忘れてくれるかしら。愚か者には容赦しないタイプに見えるし、叔母様のコンパニオンとして年配の女性を望んでいたのに。私はつかの間パニックに陥った。何しろ二十ポンドしか持っていない。恥を忍んで実家に送金を頼みたくなければ、この仕事で頑張るしかない。でも、出だしが悪すぎるわ！

彼は片手で手綱を持ち、もう一方の手であくまでもよそよそしくロウィーナを支えている。

「なぜ私を六十過ぎだと思ったの？」沈黙が重苦しくなってきて、彼女はきいた。

「手書きの文字も文章も、ロウィーナという名前も、古風だったからさ」

それはそうだろう。ロウィーナはとても古風な家庭教師から最初の教育を受けたのだ。教えられたのは、銅版画に使用される優雅なスタイルの手書き文字だ。そして職に応募するのは生まれて初めてだったから、手紙の文章は堅苦しかったかもしれない。

「ミドルネームのMとAはなんの略だい？」

「Mはメリサンド。Aは……」彼女はためらった。このあたりでコンパニオンとエインズリー卿《きょう》を結びつける人がいるとは思えないが、安全第一だ。

「アガサよ」彼女はとっさに言った。

並木道を曲がってアスファルト舗装の細道に入ると、目の前にタウファイ・ヒルズが姿を現した。

驚きのあまり、ロウィーナは思わず彼の手の上から手綱をつかみ、馬を止めた。

二階建ての館は地元産の赤い石造りで、絡みついた蔦《つた》が真っ赤に紅葉していた。館へ向かって上がる傾斜地の庭にはせせらぎが流れ、トリトマのオレンジ色や、あやめの紫色が水面に映っている。

エメラルド色の芝生が広がり、手入れの行き届いた花壇に咲く花が、さまざまな色と香りを振りまいている。ロウィーナにもなじみのイギリスの木が多く植えられ、その向こうは緑濃い原生林だ。

そしてすべてを包み込むようにタウファイ山がそびえていた。裾野は低木に覆われ、中ほどは灰色の山肌を見せ、山頂では新雪が陽光にきらめいている。

「なんて美しいの！」やっと口がきけるようになり、ロウィーナは言った。

ところが彼はうれしくなさそうな冷たい声で応じた。「家の中も外に見合っていればいいんだが。屋内はまるで違う。覚悟しておくんだな！」

「それはどういう意味かしら、ミスター・ビーチントン？」ゆっくり走り始めた馬の背で彼女は尋ねた。

「荒れ放題なのさ、ミス・フォザリンガム。この辺では人を雇うのが難しい上に、ラヴィニア叔母さんは家事に慣れていない。する必要がなかったんだ。ひと昔前の大邸宅の奥方同様、花を美しく飾り、銀器を磨くだけだ。今や家じゅう埃《ほこり》が厚く積もり、絨毯《じゅうたん》にはかびが生えている。見たらぞっとするぞ。君が大急ぎで町へ逃げ帰っても非難はしないよ。メイドが大勢いないと家政婦は居つかない。ところがメイドが家にいるのは若いネリー一人だけ。ネリーは途方に暮れている。ラヴィニア叔母さんにメイドの教育は無理だ。こうした事情を前もって君に話すべきだと言ったんだが。コンパニオンというのは、自分の仕事は電話の応対と手紙の代筆くらいで、世話をしてくれるメイドがいて当然と思っているからな」

「このコンパニオンは違うわ」ロウィーナはきびきびと言った。「喜んで家事を手伝います」

「約束する前に中を見たほうがいい。君がどんな家に慣れているか知らないが、ここは広大だ」

ロウィーナは慣れ親しんだ自宅のことを考え、この家の広さに驚くはずがないと思ったが黙っていた。

フォレスト・ビーチントンは雌馬の手綱を柵の横木に結び、馬から降りる彼女に手を貸した。黒っぽい羽目板張りの広い玄関ホールに入り、明かりをつける。すると暗がりでは目立たなかった蜘蛛《くも》の巣や汚れがはっきり見えた。「このとおりさ！」

私を雇いたくないのね。やれるものならやってみろと挑戦された気がして、ロウィーナは玄関を見まわした。「この程度なら、頑張ればきれいにできるわ」彼女はこともなげに言い放った。

彼は唇を引き結び、居間のドアを開けた。「入ってくれ。ブランデーを少し飲むといい。メフィに追いまわされた衝撃から立ち直るためにも、これから我が家の残りの部屋を見て受けるショックを和らげるためにも、酒が必要だろう」

「どうぞおかまいなく。ブランデーは必要ないわ。

雄牛くらいではうろたえませんので」

飾り戸棚にかがみ込んでいたフォレストは姿勢を正し、目をきつく細めてロウィーナを見た。「強がりを言うな」

「事実を述べただけです。私は髪も服も乱れているかもしれないけど、取り乱してはいないわ」

「では、たばこでもどうだい？」彼は埃っぽいテーブルの上の、彫刻を施した箱に手を伸ばした。

「せっかくですが、今は吸いたくありません」

彼は肩をすくめた。「僕は吸わしてもらうよ。メフィに追われて逃げまどう君を見て、寿命が十年縮まった。では、キッチンで紅茶をいれようか」

「先に叔母様にお会いしなくていいんですか？」

「それが留守なんだ。クライストチャーチへ出かけていて、戻るのは明日だ。君が今日来たのは実に間が悪いよ。おかげで今夜はここへ泊まってくれるよう、牧童の奥さんに頼まなきゃならない」

たいした歓迎ぶりね！　雇い主の留守に着いたのは私の落ち度ではないのに、彼は私に厄介者だと感じさせようとしている。

ロウィーナは落胆した。「お茶くらい自分でいれられます。あなたは外で仕事がおありでしょう」

「いや、僕も紅茶を飲みたい。キッチンへ案内するよ」彼女のほのめかしに動じずに彼は言った。

二人は敵意をむき出しにしてキッチンに入った。最新鋭の設備のある広い部屋だ。意外にもミスター・ビーチントンは家事に慣れているらしく、キッチンの棚に置くには高価すぎる磁器のカップを取り出し、フルーツケーキをスライスした。

ロウィーナは俄然《がぜん》元気がわいてきた。私はここで必要とされているんだわ。この美しいのに荒れ放題の家を元に戻す仕事には、なぜかやりがいを感じる。早く服を着替えて仕事に取りかかりたい。

「さて、君が六十歳の婦人ではない以上、僕は今夜のお目付役《シャペロン》を調達してきたほうがよさそうだな」

彼の口調にロウィーナはかっとなった。「使用人がいつかないのも当然ね。これまで見たところ、あなたの使用人に対する態度には感心できません。この家の荒れ具合には難なく対処できますけど、あなたの態度は我慢できそうにないわ」

彼は黒い眉を上げて笑いだした。「君ならここでうまくやっていけそうだ。うちでは誰もが思ったことを遠慮なく口に出すんだ。それにラヴィニア叔母さんは、そのイギリス人らしい声にほれ込むだろう。君はわめき散らすときでさえ……まさに……」

「まさに、なんですって？」

彼はまた大笑いしただけで、謝りもしなかった。

彼女の緑の目はぎらぎら光り、栗《くり》色の髪まで怒りのあまり逆立ちそうだった。「この際、トランクを置いた場所まで連れ戻していただくほうがよさそうね。町へ戻るバスがあるなら、それに乗ります！あなたは年配のコンパニオンをお望みのようですから。もっとも、この家に必要な人材を考えると、なぜ六十過ぎのほうがいいのか理解できませんけど」

「理由を知りたいかい？」

「別に興味ないわ。もうたくさん。これほどおかしな立場に置かれたのは生まれて初めてよ。バス停まで連れていってくださる？」そのとき、手持ちのお金は二十ポンドだけという事実が心をよぎった。町へ行ったら三流の下宿屋に泊まり、どんな仕事でも引き受けるしかなくなるわ……。

「いや、帰らないでくれ。僕が年配のコンパニオンを望んだのは身勝手で個人的な理由からなんだ」浅黒い顔に奇妙な表情が浮かんだ。「それを前もって話しておけば、僕たちはうまくやっていけるだろう。ここ二年間で、ラヴィニア叔母さんは三人のコンパニオンを雇った。一人はとても若く、一人は二十代半ば、もう一人は三十代だった。だが三人には一つの共通点があった。全員がタウファイ・ヒルズの女主人になるという野心を抱いていたんだ」

「野心って……」ロウィーナは一瞬ぽかんとした。

「つまり……彼女たちは……あなたの妻の座を狙ったというのね」

「うぬぼれに聞こえるのはわかってる。僕が普通の会社員や農場労働者だったら、たぶん女性たちはなもひっかけないだろう。だが、たまたまこの地所と付随するすべての相続人なのさ。だから……」

「だから？」ロウィーナは先を促した。

「だから今回は、ショックだろうが最初に率直に話すと決めた。君が妻になれる見込みはない」

「別にショックは受けてないわ」彼女はずけずけと言い返した。「野心をつぼみのうちに摘み取られたわけでもないし。たとえどれほど財産があっても、あなたは私の目には望ましい夫に見えないわ、ミスター・ビーチントン。私がこちらに住み込んでも、あなたは何も恐れる必要はなくてよ」

彼は謎めいたはしばみ色の目でロウィーナを見つめた。瞳の奥で癪に障る笑みが躍っている。「君は誘惑を超越しているというのか、ミス・フォザリンガム？　富の誘惑にも愛の誘惑にも屈しないと？」

「愛なんて！」ロウィーナの声には不信とも心痛とも冷笑とも取れる何かがにじんでいた。こんな男性に甘い思いを抱くなんてありえないわ。彼女はかすかな笑みを浮かべた。「愛には関心がないの」

「どういう意味だい？　何か痛い目に遭って関心を失ったのか？　あるいは、すでに意中の人がいるからほかの男性には関心がないとか？」

その言葉がヒントになって、ロウィーナは考えた。ほかの男性に夢中だと思わせれば、これ以上彼に煩わされずにすむかもしれない。彼女はゆっくりと慎重に言った。「実は、正式に婚約はしてないけど、それに近い状態なの。本当に残念ね。これほど安全な私を雇わないなんて」

二人は目を見交わした。

彼は低い声で、だがきっぱりと言った。「いや、雇うつもりだ。叔母は君を気に入るだろうし、今日はもう町へ戻るバスはない。バス停へ行って君の荷物を取ってくるよ。道の脇に置いたんだな？」

「乾いた側溝に入れてあるわ。人目につく場所に放置したくなかったの」

「側溝……交差路の脇の？　あれは水路だよ。乾いていたのは清掃のために二日間水をせき止めたからだ。ちょうど今、三時から放流が再開される」

ロウィーナが何か言う間もなく、彼はキッチンを飛び出した。

二分後、猛スピードで走り去る車の音を聞いて、ロウィーナは椅子に座った。これで決まりね。服も書類もすべて水浸しになってしまったら、私はここにとどまるしかないわ。

2

ロウィーナは座ったままではいなかった。たとえ恐ろしく失礼な男性に出会い、不快な状況に置かれても、手をこまねいてはいられない。彼女はジャケットを脱いでブラウスの袖をまくった。シンクには、今使ったカップのほかにも汚れた食器が置いてある。少なくとも、あれを片づけることはできるわ。

日常の家事をこなすうちに落ち着きを取り戻せた。パニックに陥ってはいけない。当面は家の中で着る服さえあれば十分だ。お給料はいいと聞いているから、少しずつ新調できる。既製服を買うことを考えて顔をしかめたが、すぐにそんな自分をたしなめた。ロウィーナ・フォザリンガム、今やあなたは働く女性なのよ。とはいえ、これまでも常に働いてきた。ただ給料袋に頼ったことがないだけだ。

トランクには写真も入っている。部屋に飾るつもりはないが、故郷の家族が恋しくなったら眺めようと思ったのだ。どうしても捨てられなかったジェフリーの写真もある。女々しい感傷だわ。今ごろジェフリーはジョシーと結婚しているかもしれないのに。でも……とにかく写真がぬれてないといいけど。

いつの間にかキッチンは見違えるほどきれいになっていた。だがミスター・ビーチントンは、たとえ気づいても、褒めてはくれないだろう。

そのとき、足音が聞こえた。男性にしては軽やかすぎる音だ。次の瞬間、親しげに呼びかける陽気な声がした。

「ミス・フォザリンガム、そこにいるの？」帽子をかぶっていない若い女性が笑いながら入ってきた。

「ナンシー・ジェロルドよ。教区牧師の妻です。あなたが来たとフォレストから聞いたの」

ロウィーナは目を丸くして相手を見つめた。風に乱れた明るい赤褐色の巻き毛。笑みをたたえた黄褐色の瞳。黄色のギンガムチェックのゆったりした仕事着に黄色のカーディガンをはおり、頬には油汚れがついている。およそ牧師の妻らしくない。

「牧師の妻には見えないでしょう？」ミセス・ジェロルドはロウィーナの表情を正しく読み取って言った。「それらしく見えるときもあるんだけど。今は車がエンコしちゃって、夫と二人で奮闘してたところだから。そしたら、ちょうどいいタイミングでフォレストが現れたの。ピーターとフォレストは故障したエンジンをなんとかしようとしてるわ。でも素人の手に負える故障じゃないのよ。そこで私がこの家に電話を借りに来たわけ。ついでにあなたを手伝って食事を作ってほしい、とフォレストに言われたわ。まずは町の修理工場に電話しなきゃ」

彼女は竜巻のような慌ただしさで玄関ホールへ去り、またすばやく戻ってきた。

「さっきフォレストは、簡単な軽食でいいと言ってたわ。この家には缶詰がたくさんあるからって」

ロウィーナは顎をぐいと上げた。「でも冷蔵庫には新鮮な食材もたくさんあるわ。ちゃんとしたディナーを作りましょうよ。缶詰は好きじゃないの。シンクにあったお皿から見て、ミスター・ビーチントンの昼食はベーコンエッグだけだったらしいし」

牧師の妻は大賛成という顔をした。「いいことを言うじゃない。ピーターと私もランチはサンドイッチだけだったの。飢え死にしそうなのよ」

「男性陣は、あとどれくらいで戻ってくると思う？何かおいしくて、でも二人の帰宅に間に合うものを作らないと」

「一時間はかかると思うわ」

「それならサーモンはどう？　誰が釣ったのか、記録的に大きいのよ」ロウィーナは冷蔵庫を開けた。

「あら。この国のサーモンは確かに大きいけど、これは普通サイズよ。ピーターは好きな釣りをする時間があまりなくてね。でも牧師館ではサーモンが不足することはないわ。川へ行く小道は教会の地所を通るから。釣り人は非公式の通行料を払ってくれるの——釣果でね」彼女はくすくす笑った。

ミセス・ジェロルドを好きになれそうだわ。ロウィーナは牧師の妻と一緒に笑ってから、慣れた手つきでサーモンをフライ用に切り分けた。窓からのぞくと、ベランダには黄金色のかぼちゃ、裏庭にはグリンピースがなっている。「野菜は二種類用意したほうがよさそうね。ミスター・ビーチントンの好みがわからないから。あなたとご主人は苦手なものがあるの？　あと、デザートは何にしようかしら？」

「私たち夫婦に好き嫌いはないわ。この国の珍味は全部好きよ。しらすも、クマラ——さつまいものことよ――も、トヘロア貝も。デザートなら、私の知ってる男性は全員パイが大好き！　フォレストもね。でも今日は、慣れないオーブンで無理にパイを焼くことないわ。フォレストは、まともな食事にありつけるだけでもラッキーなんだから」

ロウィーナは正餐室《せいさん》でテーブルをセットした。魅力的な部屋だが今は埃《ほこり》だらけだ。雇い主が出かける前に生けたらしく、花だけは美しく飾られている。ロウィーナが真っ白なテーブルクロスを敷いてぴかぴかの銀器を並べ、ミセス・ジェロルドが暖炉に火を入れると、見た目はどうにか合格レベルに達した。居心地のよさそうな雰囲気すらある。

二人の男性がベランダから入ってくる物音がしたとき、女性たちはダイニングテーブルに最後の仕上げをしていた。ロウィーナが目を上げると、部屋の入口に立つフォレスト・ビーチントンの顔には驚きが――もしかすると喜びも――浮かんでいた。牧師のピーター・ジェロルドはずんぐりした体で髪は薄茶色。目は鮮やかなブルーだ。話す声を聞く前から、ロウィーナには彼がスコットランド人だとわかった。

「大丈夫。修理費は恐れていたほどじゃなかった。予想の半額だ」彼は妻に言った。

「よかった！　教会付属の車のせいで、牧師の家計はいつも火の車よ。あの車は悩みの種だわ」

男性たちは手を洗い、急いでテーブルについた。

「君の荷物はほぼ無事だったよ」ミスター・ビーチントンはロウィーナの椅子を引きながら言った。

ロウィーナはほっとして座り、スープの最初のひと口を味わう彼を見守った。

「これは缶詰か？」彼は疑わしげに彼女を見た。

ミセス・ジェロルドがロウィーナに代わって答えた。「ミス・フォザリンガムは缶詰がお嫌いみたいよ。デザートも、なんとパイを焼いたの。これからは洗練された暮らしになるわね、フォレスト」

彼はにやりと笑っただけで褒め言葉は口にしなかったが、スープをお代わりした。ロウィーナは二品目の料理を並べた。切り身のピンク色がのぞくサーモンフライは、衣がさくさくで、中はふんわりの絶妙な揚げ具合で、スパイシーなソースがかかり、柔らかいグリンピースとかぼちゃが添えられている。

「これが出ると知っていればスープをお代わりしなかったのに」ピーターがうめいてフォレストを見た。「叔母さんに言って、彼女をコンパニオンではなく料理人として雇ってもらうべきだよ」

「名案だ」フォレストは謎めいたはしばみ色の目をロウィーナに向けた。「もちろん、料理がこれしかできない場合は別だがね。実は料理嫌いなのに、僕を感心させたかっただけかもしれない」

挑発する気なら受けて立つわ。ロウィーナは冷やかに応じた。「私は家政学の学位を持っています。トランクに入っている書類をご覧になりますか？」

「いや、日々お手並みを拝見して確かめるほうがいい」言い負かされるどころか彼は平然と切り返した。

「それは料理人として雇うという意味かしら？」

「いいや、ラヴィニア叔母さんは君をコンパニオンとして雇ったんだ。僕たちは全員、叔母さんの言いなりさ」彼は憎いほど落ち着き払って答えた。

牧師夫妻は困惑顔だ。冗談めかした会話の裏に、ほかの感情が行き交っているとわかったらしい。

ロウィーナは立ち上がり、皿を下げながら考えた。彼が言いなりになるとは、私の雇い主は相当な独裁者に違いない。まったく、たいした家族だわ！

パイを運んでくると、薄く軽やかなパイ生地越しに、フォレストが不意にほほ笑みかけてきた。

「これは学位よりずっと説得力があるな」

ロウィーナは笑みを返したが、目は笑っていなかった。

四人は暖炉のまわりでコーヒーとビスケットとチ

ーズを楽しんだ。フォレストは牧師の妻にたばこを勧め、彼女は笑みを浮かべて断った。

何か面白いことを思い出したのか、彼も微笑した。

「今日は嫌な日ではないらしいね、ナンシー」

「ええ、今はとても穏やかな気分よ。子供たちはおばあちゃんの家で楽しく過ごしてるの。教区の誰一人人、苦情を訴える気配もない。ピーターと私は休暇をもらったみたい。だから、たばこはいらないわ」

ロウィーナのとまどった顔を見て、彼は言った。

「ナンシーは、ふだんはたばこを吸わない。だが人生に嫌気がさすと、教区民に八つ当たりする代わりに、一本吸って憂さを晴らすのさ。ところが、こちらのミス・フォザリンガムは、決してたばこを吸わない」

彼の言葉にロウィーナはむっとした。まるで私のことをよく知っているような口調ね。実際は何も知らないのに！「いいえ。私もごくまれに吸うことはあるわ。何か……危機にさらされたときとか」

「危機？」フォレストの引き締まった顔で、黒い眉が弧を描いた。「すると、君の短い人生の中で、怒り狂う雄牛に追われるのは危機ではなかったのか？そのあとでも一服しなかったからね」

「雄牛に追われた？いつ？」ナンシーとピーターは声をそろえて叫び、ロウィーナを見た。

「ここへ来る途中で。でも……たいしたことじゃないの。ミスター・ビーチントンは大げさすぎるわ」

「まあ、ぜひ聞かせて！何もかも詳しくね。どうやって逃げたの？雄牛ってメフィのこと？」ナンシーは目を輝かせてたたみかけた。

ロウィーナはできるだけ淡々と答えた。あの愚かな出来事は早く忘れ去られるのが一番だ。「近道して放牧場を横切ったら、後ろから雄牛が来て、木に登って難を逃れたの。馬に乗った人が現れ、雄牛に何か投げつけ、私が木から下りるのを手伝ってくれた。それだけよ」

「それだけ？」ナンシーは大きく息を吸った。「あ、なんてロマンチックなの！」

「ロマンチックだと？」ピーターは鼻を鳴らした。「自分が雄牛に追われる立場になってみろ！」

フォレストは面白そうにわざとゆっくり話しだした。「ミス・フォザリンガムは、イギリス人のご多分にもれず、控えめな表現がお得意のようだ。ただし……興奮したときは例外らしい。あのとき僕が聞いた話は、まるで違っていた。自分の考えを実に雄弁に語ってくれたよ。のんきなバスの運転手に荒野の真っただ中に放り出され、誰も迎えに来てくれないから――ラヴィニア叔母さんは、僕に木曜日と言ったんだ――人家を探して歩き始め、なんとあのロージーに近道を教わった。当然ながら、靴と足をぬらし、スカートを破く羽目に陥り――破けたのはスカートだけじゃないが――それから、メフィに追われた。木に登る彼女を見せたかったよ。そこらじゅうに下着が散らばったんだ」

「下着が？」ナンシーは唖然《あぜん》として言った。

「いや、落としたボストンバッグが開いただけさ。僕はメフィに鞭《むち》を投げてから彼女を怒鳴りつけた。そこで、彼女に言い返されたわけだ。無作法で思いやりのかけらもない田舎者とね」

牧師はのけぞって大笑いした。「その場にいて、君がこき下ろされるところを見たかったなあ！」

ロウィーナは冷ややかに言った。「ミスター・ビーチントンが地元の大王《マハラジャ》のような人物と知っていれば、こびへつらっていましたわ。でも結局は癇《かん》癪《しゃく》を起こしてよかったんです。言いたいことを我慢していたら、たばこやブランデーが必要になっていたでしょうから！」彼女は立ち上がってカップを集めた。

フォレストも立ち上がり、彼女の手からカップを取った。「君とナンシーは料理をしてくれた。皿洗いはピーターと僕がやるよ」

　ロウィーナはもう逆らわなかった。彼と言い合うたびに負ける気がする。

　皿洗いを終えて、フォレストはナンシーに言った。

「ラヴィニア叔母さんは明日まで帰ってこないんだ。だから今夜は二人ともここに泊まってくれないか？」牧師夫妻が快く承諾すると、彼は例の憎たらしいからかうような口調でつけ加えた。「寝間着は、ミス・フォザリンガムが貸してくれると思う。叔母さんのよりも現代的で華やかなやつをね」

　ロウィーナは真っ赤になった。だがフォレストは気にも留めずに、荷物を渡したいからと彼女だけを車庫へ連れていった。そして車の前で打ち明けた。

「実は、トランクの中身が車内に散らばってる。交差路に着いたとき、水は荷物の手前まで来ていた。スーツケース二個は急いで引き上げたのでぬれずにすんだが、トランクは重すぎたよ。僕が水路に入って押し上げるしかなかった。その間に押し寄せた水が、トランクの隙間から少し中に入ってしまった。だから車内で中身を全部出したんだ」

　見下ろすと、確かに彼の靴とズボンの裾の折り返しには水にぬれた跡がある。「荷物を救ってくださった上に、ジェロルド夫妻の前で私が恥をかかないようご配慮いただき、感謝しているわ」ロウィーナは彼に負けないくらい皮肉っぽい口調で言った。

　彼は皮肉を無視して、おかしそうに口元をぴくぴくさせながら散らばった服をかき集めた。「この服を無作法な田舎者に見られただけでも不愉快なのに、牧師に片づけを手伝わせるのは最悪だからね」

　ロウィーナは思わず笑いそうになって唇を噛《か》み締めた。親しげな冗談に応じてはだめ。彼は私に野心がないと知って気を許しただけなのよ。

「私の部屋へ案内してもらえるかしら」自分も身を

かがめて服を拾いながら彼女は言った。

「この状況を面白いとは思わないのか、ミス・ロウィーナ・メリサンド・アガサ・フォザリンガム？」

「この状況に面白いところなんてあるかしら？」

「ユーモアのセンスがある人なら誰でも面白がるさ。君にはないのか？」

「あるわ。あなたのとは種類が違うみたいだけど」

「君は最初に思ったより年上らしいな。その辛辣な物言いは若者らしくないよ。木に登る君を見たときは、脚の長い少女のようだと思ったが」

「たいていの女性は、荒れ狂う雄牛に追われてないときのほうが、品位ある大人に見えるものなの！」

彼はため息をついた。「そうやって僕の冗談にいちいちむきになるなら、もう君の部屋へ行こう」

その部屋はロウィーナにとってうれしい驚きだった。快適に調えられた寝室兼居間で、最近改装されている。荒れ放題のほかの部屋とはまるで違う。庭に面したアーチ形の窓からは日がたっぷり差し込むだろう。錬鉄製の小さなバルコニーもついていて、上には派手な色の日よけが張り出している。彼女はバルコニーに近づき、喜びの声をあげた。

フォレストは肩をすくめた。「君はロマンチストらしいな。女性はたいていバルコニーが好きだ。あいにく窓の外でギターを爪弾く男はいないけどね」

彼は抱えてきた服をベッドに投げ出し、一緒に置いたアルバムを手に取った。「中の写真は無事だよ。一枚だけ抜け落ちてぬれてしまったが、雑誌に挟んでおいた」彼はその一枚を掲げてみせた。

水にぬれて汚れたジェフリーの顔がロウィーナを見つめた。写真の左下の隅には〝愛を込めて。ジェフリー〟という走り書きがある。

「大事な写真かい？」

フォレストが優しくきいた。

「いいえ、全然」ロウィーナは写真を暖炉に捨てた。

「哀れなジェフリーはお払い箱か。さては〝婚約に近い状態〟の男性に取って代わられたんだな」

彼女は肩をすくめた。彼に同情されたくない。私がジェフリーを捨てたと思わせておくほうがいいわ。

フォレストは残りの荷物を取りに行き、ロウィーナはほっとした。これで彼の嘲りの視線を逃れて部屋をじっくり見られる。グリーンとゴールドの壁。美しいマホガニーの家具。暗褐色の家具は、新芽の緑と陽光の金色を映す木の枝を思わせる。まるで春の息吹が響き合うような部屋だ。

「この部屋は最近改装されたみたいね？」フォレストが戻ってくると、彼女は言った。

うなずいた彼の顔を一瞬苦痛の影がよぎった。

「五年前にリフォームしたんだ。姪《めい》が過去に入り浸っていたから、不健全だと思ってね。ここは僕の兄夫婦の部屋だったが、二人は急死したんだ。ペニーとトニーは両親の死を乗り越えた。だが長女のリンジーは……年上な分、よけいつらかったようだ」

「彼女がご両親の思い出に浸れる部屋をなくすのは賢明なやり方かしら？」ここは幼い少女が悪夢におびえたとき、両親の慰めを求めて駆け込んだ部屋なのだ。クリスマスには大きなダブルベッドの上で、弟や妹と一緒にプレゼントを開けただろう……。

「賢明かどうかは知らないが、何かしなきゃならなかった。たとえ子供でも、死を人生の一部として受け入れることを学ぶべきだ。だが改装してもリンジーは相変わらずこの部屋に来る。大学の休みに帰省すると、夕暮れに独りでこのバルコニーの窓辺に座っているんだ。だから、ここを君の部屋にするよう、ラヴィニア叔母さんに頼んだのさ」

「かわいそうなリンジー。ご両親が亡くなったとき、いくつだったの？」

「十三歳だ」

十三歳！　多感な年頃だし、大人になりかけた少女が母親を特に必要とする時期だ。

「妹のペニーは全然違う。理性的で明るくて、わかりやすい。少しも複雑じゃないんだ」

ロウィーナはフォレストを見すえた。「ミスター・ビーチントン、複雑な性格の人間にとって人生は楽ではないの。それに両親や後見人が子供の一人をえこひいきしていたら、状況は改善しないわ」

彼もロウィーナを見返した。「君は是が非でも僕を悪者にしたいらしいな。〝ペニーは全然違う〟と言っただけで、彼女をひいきしていると決めつけた。とんでもないよ。むしろ、リンジーのためにあれこれ特別にしてやってる。その必要があるからね」

「そして手間のかかる子だと腹を立てている。あるいは、僕に感謝するべきだと思ってるんだわ。ええ、よけいなお世話なのはわかってます。でも私は、人間関係が悪いほうへ進んでいくのを黙って見ていられない性分なの。ですから、もしあなたと同じくらいずけずけものを言う誰かを家に置きたくないなら、私は明日出ていきます」

フォレストはロウィーナの目を探るようにじっと見つめながら黙っていたが、しばらくして言った。

「いや、ぜひいてほしい。僕たちの間にはいろいろあったが、とにかく君は間違った期待を抱いていないとわかった。君こそ、この家に必要な人材だと思う。辛辣で気丈だから、学校の休みに帰ってくる子供たちにとってもためになりそうだ」

「お世辞がお上手ですこと。私って、まるで気つけ薬みたい。苦いけれど役に立つというわけね」

「その調子だよ。やはりユーモアのセンスがあったらしいな」彼はちゃかした。

夜の間は、明るい牧師夫妻のおかげで気まずさと緊張感が和らいだ。暖炉の向こうで眉をひそめる男性がいなければ、楽しい夜と言えたかもしれない。

だが雇い主は明日の午後六時にバスが着くまで帰ってこない。それを考えると気が滅入《めい》った。一人きりの若いメイドも雇い主の留守中は休みを取っている。でもミスター・ビーチントンは、たぶん昼間は外の仕事が忙しくて私にかまう暇はないわ。

おやすみの言葉を交わして安らげる自室へ戻るころには、疲れすぎてもう悩む元気もなかった。美しい環境で安定した仕事に就けたことに感謝して、外野の反応は気にしなければいいのよ。

ロウィーナは窓を開けてバルコニーへ出てみた。見慣れない山や原生林が闇に沈んだ夜の世界は、あまり異国的な感じがしない。空と星と月は、南半球でも北半球でもほぼ同じだ。

つかの間、郷愁に胸を締めつけられて息ができなくなった。切なくて、心だけでなく本当に体が痛い。こんな経験は生まれて初めてだ。ロウィーナは落ち着こうとした。こんなのはばかげているわ。つい最近、ジェフリーにジョシーと結婚するつもりだと言われた夜、星空を見上げて思ったじゃないの。同情や詮索を逃れて、どこか知らない国へ行きたいと。〝ここと違う星が私のために輝く場所があるはずよ〟そう自分に言い聞かせたでしょう。

徐々に心が落ち着き、目が闇に慣れてくると、違いが見えてきた。藍色の空にそびえる漆黒のタウファイ山のような山は、故郷にはない。でも庭からは、慣れ親しんだ薔薇《ばら》の香りが立ちのぼってくる。

そのとき、バルコニーの下で人影が動いて、嘲りの声があがった。「バルコニーに立つジュリエットかい？　ロマンチックだな」

ロウィーナは怒りをこらえた。「私はロミオを捜してはいません。新鮮な空気を吸っていただけです。おやすみなさい、ミスター・ビーチントン」

彼女は部屋へ入り、ブラインドを下ろした。腹立たしいことに、雄牛に追われたときと同じくらい膝が震えている。ばかばかしい！　なぜ男性は、女性はロマンスを求めるものと決めつけるのかしら。

ジェフリーの言葉が心に浮かんだ。〝そもそも君と婚約まで進むべきじゃなかった。君が気を持たせたから、愛してると思い込んだだけさ。ジョシーに出会って初めて、本物の愛の激しさを知ったよ〟

私が〝気を持たせた〟だなんて。二人とも馬や田舎が好きで、愛し合って結婚するのは自然な運命だと信じていたのに。彼に財産がなくても、兄のレスターが父から相続した農場を一つ譲ると言ってくれていた。エインズリー・ディーンは、イギリスの貴族の所領の中で経営に成功したモデルケースなのだ。

経験を教訓に、心の奥の思いを悟られないよう用心しなくては。二度と、誰にも、〝君が気を持たせた〟なんて言わせないわ。もっとも、ジェフリーのおかげで愛に無関心になったから、心配する必要もないけれど。

3

午前十時のお茶のあと、牧師夫妻は帰っていった。攻撃的な男性と自分の間の緩衝材になってくれた夫婦を、ロウィーナは名残惜しく見送った。

別れ際にナンシーは明るく無邪気に言った。「お会いできて楽しかったわ。あなたはビーチントン家にぴったりよ。話し方が家族と同じだもの。この一家はいい意味でかなり変わり者よ。それじゃまた」

二人はベランダに取り残された。フォレストがちらりとロウィーナを見た。気に食わないことに、はしばみ色の目がからかうようにきらめいている。

「話し方が同じというのは、僕も君並みに口うるさいという意味かな？」彼女の怒りの表情に、彼は笑い声をあげた。

　ロウィーナは彼をにらみつけた。「それはどうか知りませんけど、私たちのユーモアのセンスが同じじゃないのは確かね。でも大切なのは仕事よ。今朝は家事の開始が遅れたわ。まずベッドからシーツをはがさないと。あなたも世間話をしている暇はないでしょう、ミスター・ビーチントン？　昼食は一時よ。都合が悪ければ、いつがいいか教えて。叔母様には六時半に夕食をお出しします。たぶん若いメイドの教育も私が担当できると思うわ」

「ああ、それは確かだ。君はまさに学校の先生タイプだよ。我が家流の気楽な日々とはお別れだな」

「埃《ほこり》や蜘蛛《くも》の巣とお別れなのは確かよ」ロウィーナは辛辣に言った。「さて、仕事にかからなきゃ」

　ところが背を向けて家へ入りかけると、フォレストがすぐ横に並び、彼女は落ち着きを失った。

「あと三十分くらいは君のために時間を割ける。家の中を案内しよう。明日は忙しくなるんだ。羊の毛を刈る作業員が来るから。三月末の雄羊と雌羊の交配の前に股ぐらの毛を刈っておかないと」彼は不意に言葉を切った。「おっと、失礼。君はこういう下品な畜産用語には慣れていないのを忘れていたよ」

　ロウィーナは冷ややかに彼を見た。「とんでもない。私は生まれてこのかた、ずっと田舎に住んで働いてきたのよ。交配も、股ぐらの毛刈りも、出産介助も、よく知っているわ。どうぞお気遣いなく」

　恐れ入って当然なのに、フォレストはあっさりかわした。「ほう、それはすばらしい。だが不慣れな新参者は、簡単な仕事をかえってややこしくすることもある。さて、まず二階から案内しようか」

　二階を見たあと、また下りてきた二人は側棟へ向かった。

「ここは僕の避難所だ。兄と兄嫁がこの牧場を経営していたころ、僕は海軍の休暇で帰省するとこの棟に泊まっていた。だが二人が亡くなり、僕が経営を引き継ぐことになった。もう一人の兄のコリンは陸軍に所属していたが、マラヤ連邦で戦死したんだ」

ロウィーナは同情を覚えたが黙っていた。ついさっき激しくやり合ったばかりでは、お悔やみの言葉が白々しく聞こえそうだ。

彼はまた例のちゃかすような口調に戻って続けた。

「そして、叔母のコンパニオンたちにつきまとわれるようになってからは、夜はたいていここに避難していた。この避難所があって助かったよ」

ロウィーナは彼の話を無視してきびきびと言った。

「見学ツアーが終わりなら、ベッドを整えて昼食の支度をするわ」

フォレストが出ていったあと、彼女は忙しく働いた。やがて裏口のドアに下がった昼食の合図の銅鑼《どら》を鳴らすと、彼はたちまちキッチンに現れた。

何か言われる前にロウィーナはすばやく告げた。

「あなたの分は居間にお持ちします。テーブルはもうセットしてあるわ。いいお天気なので暖炉に火は入れてませんけど」

「ばかなこと言うなよ。そろそろわかってもいいはずだぞ。ここは民主主義の国だ。昼食は家族そろってキッチンで食べる。メイドのネリーも一緒さ」

「使用人を公平に扱ってるつもりでしょうけど、私には、あなたの自己満足にしか思えないわ。ネリーだってキッチンを独占して一人で食べるほうが気楽かもしれない。恩着せがましくされるよりもね！」

「不思議なことに、ネリーは僕が好きで、僕にからかわれることも楽しんでる。それも当然さ。何しろ僕たちはネリーが赤ん坊のころからの知り合いだ。この国へ来た以上、君は考え方をすっかり変えないと。ここには使用人用の食堂なんて存在しない」

ロウィーナは子牛のカツレツを皿に盛り、チーズをのせて焼いたトマトをまわりに飾った。柔らかなほうれん草のソテーもたっぷり添えて、皿を銀のトレイにのせ、まっすぐ彼の居間へ向かう。

途中でトレイを取り上げられるかと思ったが、彼はおとなしくついてきた。今回は私の勝ちだわ。

ロウィーナは日の降り注ぐ出窓の小さな円テーブルに皿を置いた。彼から目をそらしたまま向きを変えて部屋を出る。そのとき、ピストルの発射音のように鋭い声で呼び止められ、足がすくんだ。

「ちょっと待て！」あとに続いた言葉はシルクのようになめらかだが、怒りがにじんでいた。「すまないが、こちらを向いて僕を見てもらえるかな？」

彼女はゆっくり振り返ると、目と目を合わせ、顔を赤らめた。彼が皿を差し出している。

「お手数だが、キッチンへ戻してほしい。頼むよ」

ロウィーナは黙って命令に従った。

彼はキッチンのテーブルに置かれたトーストとゆで卵という彼女の昼食に一瞥《いちべつ》を投げた。そしてカツレツを半分に切り、一方を彼女の皿にのせた。

二人は無言で食事をした。

ロウィーナが立ち上がると、彼はさりげなさを装って言った。「やれやれ。この食卓の雰囲気は消化に悪いな。せっかくの見事な料理が台なしだ。とにかく、これでわかっただろう。我が家では僕の命令に従ってもらう」それから布巾を取り上げた。「君は忙しいだろうから、食器洗いを手伝うよ」

ロウィーナは唾をのみ込んだ。「それは親切な申し出かしら。それとも従うべき命令？もし前者なら、そんなに忙しくないのでお断りしたいわ。命令なら、いやとは言えませんけど」

「君が忙しくないなら結構。僕は明日の毛刈りの準備がある」彼は外へ出ていった。

彼女が食器を拭き終えたとき、ベランダで足音がした。振り返るとフォレストがドア口に立っていた。なんだか様子がおかしい。顔は蒼白《そうはく》で、左手で右の手首をきつく握り、指の間から血が垂れている。

「ロウィーナ！」それだけ言うと、彼はドア枠に寄りかかり、そのあと床にくずおれて気を失った。

彼にファーストネームを呼ばれて奇妙に感じる暇もなく、ロウィーナは布巾をつかんで彼の上にかがみ込んだ。手首を取り、悲鳴をあげる。いったいどうしてこんなに深い傷が？　血は流れるというより噴き出している。動脈を切ったんだわ！

とにかく、するべきことをただちにしなくては。

彼女は傷の手前を布巾でしっかり縛り、腕ができるだけ高くなるよう、大きなクッションを下にあてがった。幸い救急箱はすぐ見つかった。戸棚に目印の赤十字のマークが描いてあったのだ。彼女は一秒も無駄にせず、てきぱきと動いた。脱脂綿で作った止血パッドを傷口に当て、幅の広い包帯を力いっぱいきつく巻く。それから電話をかけに行った。

電話の脇の番号表には、一番上に大きく〝ドクター・カルー〟の文字があった。ありがたいことに医者は家にいて、ロウィーナが状況を手短に説明すると、すぐ来てくれるという。彼女はそれまでに自分のできることを指示してもらった。

さっそく寝室から毛布と枕を持ってきて、フォレストをなんとか毛布の上に寝かせ、膝と腕の下に枕をあてがった。医者の車がタイヤをきしませて停《と》まる音がしたとき、フォレストのまぶたがぴくぴく震え始めた。

ロウィーナは医者を手伝ってフォレストをベッドへ運んだ。やっと目を開けた彼は、驚きといらだちの混じった表情を浮かべた。

「しゃべってはいかん。すべて我々に任せておくんだ」そう命じてから、医者はロウィーナを見た。

「大活躍だったな。看護師かね？」

「いいえ。でも――」故郷の村で応急手当ての講座を受けたことを話そうとすると、ベッドの上のけが人から思わぬ邪魔が入った。

「でも、たぶん学位はあるさ。トランクの中にね。これほど多才な女性は見たことがない」

「しゃべるなと言っただろう、フォレスト。口を閉じてなさい」医者は次にロウィーナに尋ねた。「君は怖がりか？　これから傷を縫う。卒倒しそうなら、牧童を呼んで手伝ってもらうが」

「怖がりではありません」彼女はむっとして答えた。

「そうとも」フォレストが頭を少し上げた。「怖がるどころか、手伝ったあとでも、たばこさえ吸わないだろう。たばこは、重大な危機を乗り越えたご褒美にとってあるらしい。これまでのところ、彼女が何を重大な危機と見なすのか不明なままだが」

「これまでのところ、君を黙らせる方法も不明なままだがね」医者は言い返した。「まずは局所麻酔の注射を打とう。彼の腕を押さえてくれ」

その後の数分間、傷を縫って包帯を巻くまで、フォレストは無言だった。だがすべてが終わり、破傷風の予防接種をするころには少し青ざめていた。

「お次はコーヒーだ」医者は言った。「濃いのを頼むよ。飲みながら詳しい話を聞こうか」

ロウィーナはぶっきらぼうなドクター・カルーが好きになっていた。手ごわいミスター・ビーチントンに有無を言わせない強さも好ましい。医者はキッチンに現れ、コーヒーを運ぶ彼女を手伝った。

フォレストの話では、羊の毛を刈る電気バリカンのコードが足に絡まり、はずそうとしたときに誤って鋭い刃先で手首を切ったということだった。

「さあ、もう寝る時間だ」医者はフォレストからカップを取り上げた。「ミス・フォザリンガムが湯たんぽとパジャマを用意してくれてる。我々が着替えを手伝うよ」彼はこともなげに言った。

フォレストは慌てた。「服くらい自分で脱げます。たかが手首のけがだし。ほら、もう元気になりましたよ」彼は一方の足をベッドから下ろして立とうとしたが、また床にくずおれた。

医者は彼を助け起こした。「たかが動脈のけがだしな！　まったく独り者は手に負えん。口答えする元気のないうちに着替えさせよう」

幸いなことに、フォレストはパジャマを着せてベッドに寝かせるまで気を失ったままだった。

医者はフォレストを見下ろした。「そこでおとなしくしてるんだ。ミス・フォザリンガムの指示に従うこと。彼女には分別があるようだ。私が許可するまで起きてはならん。大柄で頑丈で病気をしたことがない君みたいなタイプが最悪の患者なのはわかってる。聞き分けよくしないと、病院へ放り込むぞ」

ドクター・カルーは睡眠薬のカプセルを取り出し、速く効くように砕いて患者にのませた。フォレストがぐっすり眠ると、自宅に電話をして急患がいないか確かめてから、午後の往診にまわる準備をした。

「大丈夫だとは思うが、万一何かあったら妻が私の連絡先を知っている。ビーチーは――フォレストの叔母さんだが――いつ帰ってくるんだい？」

「今夜六時のバスです」ロウィーナは答えた。

「それなら問題ない。ビーチーは彼をベッドに縛りつけておけるから」

やはりフォレストの叔母は厳しい独裁者らしい。夕食の支度に取りかからなくては、とロウィーナは思った。たとえ何があっても、まともなディナーが出てきて当然だと独裁者は考えるはずだ。

料理の途中で、ロウィーナは何度かフォレストの様子を見に行った。忍び足で寝室に入り、眠っている彼の呼吸に異常がないか確かめる。四時には、ディナーは順調に完成に近づいていた。そして寝室に入るとフォレストが目を覚ましていた。

「お茶を持ってきましょうか？」ロウィーナはブラインドを上げ、まだ眠そうな彼に尋ねた。

「ああ、頼む。君の分も持ってくるんだぞ」

その声は昼食時の命令口調に比べて弱々しく、ロウィーナは逆らう気にはなれなかった。そして彼が顔をしかめたので、傷が痛むのかときいた。

「いや、頭痛だ。睡眠薬のせいだろう」

「でも、薬のおかげで静かに眠れたじゃないの」

「これからは厄介な患者になると心配なんだな？」

「心配はしてないわ。叔母様がいれば大丈夫、とドクター・カルーに言われたの。叔母様は独裁者タイプみたいね。似たもの家族ということかしら」

「見てのお楽しみだ」彼は笑ったが、そこで思い出したように言った。「ジョック・サンダースに電話をしてくれ。うちの牧童だよ。バス停まで叔母さんを迎えに行ってもらわないと」

「車の運転なら私もできるわ。私を迎えに行かせるのは不安なの？」

「とんでもない。君は運転の学位、いや、免許も持っているに違いないさ。だが君にはここにいてもらわないと。僕を一人にしてはいけない、とドクターが言っただろう！」

ロウィーナは疑わしげな視線を投げたが、彼の目にからかいの色はなかった。

「叔母様のコンパニオンをあれほど恐れていたのに、私にいてほしいなんて、あなたらしくないわね」

「ああ、だがこのコンパニオンは別なんだ。君の野望には最初から釘《くぎ》を刺しておいたし――」ロウィーナの激怒した顔を見て、彼はすばやく先を続けた。

「それに、今の僕は無力なけが人だ。一人でいたら退屈する。相手をしてもらわないと」

「まだ退屈する暇はないでしょう。それに、私はあなたの世話をするつもりではいますけど、相手をする気はないわ。顔を合わせるたびに口論になるし、お互いを知らないから世間話も長続きしない。共通の話題がないもの」彼女は立ち上がろうとした。

フォレストは左手で彼女の手首をつかんだ。「けが人に同情する気持ちはないのか？　一緒にいて安心できる女性と、やっと巡り合えたのに」

「でも一緒にいて、いったい何を話せばいいの？」

はしばみ色の瞳がいたずらっぽくきらめいた。

「君の人生を。どこで生まれ、どこの学校に行って……恋愛についても洗いざらい聞きたい。特に、君をほかの男に無関心にさせた例の男性について。きっとこの傷を忘れるくらい楽しめるだろう！」

「残念ながら、その楽しみはあきらめてもらいます。私の恋愛は私個人の問題で、あなたが知っておくべきことはただ一つ――あなたの妻の座は狙ってませんん。私は忙しいの。ここで話をしていたら、叔母様にまともなディナーを作れないわ。それに傷の回復には安静が不可欠よ。たとえ眠れなくてもね」

ロウィーナはわざと投げやりに寝具を整え、ブラインドを下ろして部屋を出た。


それからロウィーナは不安を感じる暇がないよう、せわしなく働いた。もしミセス・ビーチントンが甥《おい》と同じく気難しいなら、ここでの生活は楽ではないだろう。ツイードの服を着て、かかとの低い実用的な紐《ひも》つきの短靴をはいた男っぽい女性が目に浮かぶ。きっと他人にあれこれ命令し、自分では役に立つことは何もしない独裁者タイプだわ。その手の女性には今までにも会ったことがある。ただ――ここが大問題なのだが――その下で働いたことがない。とにかく、新しいコンパニオンが働き者だということだけは、ミセス・ビーチントンも認めるはずよ。

マッシュポテトをなめらかに仕上げようとかき混ぜていたとき、女らしい魅力的な声がした。

「ミス・ロウィーナ・フォザリンガムかしら？」

ロウィーナがさっと振り返ると、藤色のアンサンブルを着た女性が立っていた。まるで女子生徒のような薔薇《ばら》色のつややかな肌に控えめだが完璧なメークを施し、白髪はきれいに整えている。パールで縁取られたハンドバッグを椅子に置き、その女性は両手を広げてロウィーナに歩み寄った。

「私って、本当にぼんやりしてるのね。まさか日にちを間違えるなんて……私らしいけど！　救いがたいおばかさんなのよ。あなたに愛想を尽かされないといいけど。フォレストにさんざん叱られたわ。あの子が今朝クライストチャーチに電話してきたの。イギリスから着いたばかりの方を迎えるのに、あんまりだって。でもジェロルド夫妻がたまたま現れてくれてよかった。とてもいい人たちでしょう？　ねえ、クロスワードパズルはお好き？」

ロウィーナは目をしばたたかせた。「は、はい」

「まあ、すばらしいわ。でも毎晩クロスワードパズルでは、うんざりするわよね？　しかも、私のために声に出して読まなきゃならないとしたら」

「私の父も晩年は目が悪くなりました。いつも二人でクロスワードパズルをして、問題を読み上げるのは私の役目でした。答えを出すのは父でしたけど」

「そうそう、フォレストがけがをしたとか。あなたが手当てをしてくれた、とジョックから聞いたわ。あなたはここに打ってつけよ。そんな気がしてたの。私の勘はいつも当たるのよ。広い屋敷では常に何か起きているわ。だから冷静沈着な人がいないと……。あら、いいにおいね。おいしいものは大好きよ。でも料理は下手なの。だけど、あなたは料理するためにここにいるわけじゃないわ。ネリーの料理で我慢しなきゃね。ただ、あの子には指示を与える誰かが必要なの。私には無理よ。困ったわ……」

その一瞬の間を埋めるように、ロウィーナは思わず言ってしまった。「料理は好きなんです。全然苦になりません。このキッチンは快適ですし」

ミセス・ビーチントンは、ぱっと顔を輝かせた。

「ほら、やっぱりね。すべてうまくいく気がしていたのよ。あなたの手紙を受け取った瞬間から！」

ロウィーナは内心ほほ笑んだ。たとえぼんやりして頼りなくて救いがたくても、とにかく目的を遂げる人だわ。〝僕たちは全員、叔母さんの言いなり〟という彼の言葉はこういう意味だったのかしら。

「かわいそうな甥の様子を見てくるわね。それから、あなたを手伝うわ」

フォレストの叔母のラヴィニアはラベンダーの香水を振りまき、ネックレスとブレスレットをじゃらじゃらさせながら姿を消した。そして約束どおり、フリルのついた薄いオーガンジーのエプロンをつけて現れ、料理を運ぶ手伝いをした。

「まあ、あなたは奇跡を起こしたのね！」正餐《せいさん》室を見まわして彼女は言った。「少し埃が積もってきたかしらとは思っていたけど、目が悪いとよくわからなくて。フォレストがご満悦なのも当然だわ」

ロウィーナは目を丸くした。「フォレスト、いえ、ミスター・ビーチントンがご満悦？　コンパニオンはうんざりだとおっしゃってましたけど」

ラヴィニアはぽっちゃりした小さな手を振った。

「そんなの本気じゃないわ。あの子もほかの殿方と同じよ。おいしい料理が好きなの。あなたにもっとお給料を出すべきだと言ってたわ！」

「正確には、彼はなんと言ったんです？」ロウィーナはスプーンを下に置き、不審そうな声できいた。

「まあ、〝正確に〟なんて難しいわ。ええっと、まず私が、あなたが料理もしてくれると話したの。そしてまさに私たちが求めていた理想の人で、この家の娘のように感じると言ったら、仕事が二倍なら給料も二倍払うべきだって。殿方は気づいていないのよ。女性はみんな一人で何役もこなすものだということにね。妻で、母で、財務管理者で……。だから言ってあげたの。もしヘレンと結婚していたら、彼女がすべての家事を引き受けても、あなたは給料の心配をしないでしょうと。ついでに、ミス・フォザリンガムのほうがヘレンより上手にすべてをこなすと思うけど、と言っておいたわ。ヘレンときたら、うんざりするくらい愛らしいの。まるでパイナップルジュースみたい。最初のひと口はうっとりするほどおいしいけど、すぐ飽きるわ。ふだん飲むならジンジャーエールのほうがいいわね。ヘレンにはぴりっとしたところがないのよ。ただ甘いだけ！」ラヴィニアは片時も休まずしゃべり続けているのに、なぜか料理はどんどん減っていく。

「あの、ヘレンというのは？」ロウィーナは尋ねた。

「ヘレン・デューモア。マックピーク牧場のニコラスの妹よ。フォレストの兄のコリンと婚約していたの。でもコリンはマラヤで戦死した。最近では、ヘレンとフォレストが……今、彼女はイギリスへ行ってるの。ここを離れていろいろ考えてるんだと思うわ。帰ってきたら、あの二人……。だけど私は、あなたのほうがいいと思うの。フォレストにそう言ってやらなきゃ……このソース、何かしら？」

「オランディーズソースです」ロウィーナは上の空で答えながら必死で考えた。私のほうが合うって……。どうしよう。もし彼女が仲人役を演じ始めたら悪夢だわ。きっとあのお年で家の切り盛りに疲れ、主婦役を誰かに譲る機会に飛びつこうとしているのね。今までのコンパニオンたちが野望を抱いたのも、彼女にたきつけられたのかもしれない……。

ロウィーナは大きな声できっぱり言った。「ひと言申し上げておきます。甥御さんとは出会ってすぐ犬猿の仲になり、お互いに顔も見たくないんです。私の仕事はコンパニオンと料理だけですから」

「ラヴィニア叔母さんに釘を刺そうとしても無駄だよ。ブラマンジェにマッチ棒を刺すのと同じさ」元気はないが嘲りに満ちた声が聞こえて、水のグラスを持ったフォレストがドア口に現れた。「君が持ってくるのを忘れたから自分で取りに来たんだ」

彼はいつからあそこにいたのかしら？　ロウィーナの頬はかっと熱くなった。だが、ラヴィニアは少しも気分を害したように見えない。

「ブラマンジェよ！　昨日のクロスワードパズルの最後のマスの答えは。〝最近の若者に人気のないデザート〟って、ライスプディングかと思ったけど」

「ほらね」フォレストはドア口にもたれ、お手上げだという仕草をした。

「今、デザートをお持ちします。ベッドへ戻って、ほかに私が忘れているものがあったら、ベルを鳴らして呼んでください」ロウィーナは言った。

翌日は目のまわる忙しさだったが、少なくとも彼との衝突を逃れてひと息つけた。牧童の妻の一人が、毛刈り人たちに食事やお茶や軽食を出すロウィーナとネリーを手伝ってくれた。ロウィーナは家畜小屋へトレイを運び、信じられないスピードで――それも電気バリカンだけでなく手作業でも――毛を刈られていく羊たちをしばらく眺めて楽しんだ。

それから、けが人の部屋へお茶を運んだ。

「僕はもう起きるよ。ベッドはうんざりだ。腕吊《づ》り包帯を作ってくれないか？　家畜小屋までぶらぶら歩きたい。仕事はしないから」フォレストは言った。

「でもそんな愚かなまねを許可するわけには……」

「許可する？」彼は黒い眉の下から彼女を見上げた。

「ミス・フォザリンガム、昨夜《ゆうべ》の自分の言葉をお忘れかな？　君の仕事は、叔母のコンパニオンと料理だけだ。僕の監視役ではないだろう」

ロウィーナはフォレストに背を向けて部屋を出た。そして夜まで二度と彼と顔を合わせなかった。

ラヴィニアは家畜小屋で甥を見かけて連れ戻し、どこかに電話をかけた。ほどなくドクター・カルーが現れ、叔母はしたり顔で甥の部屋から出てきた。

「先生のお考えでは、おとなしく静養できないなら入院らしいわ。お茶もベッドで飲むようにと。でも夜には一時間くらい起きていいそうよ。ソファに横たわっていればね。かわいそうに、あの子は一人で退屈しているのよ」

夕食のあと、ロウィーナは彼を避けようと、今夜は早く休みたいと言った。しかし結局はクロスワードパズルにつき合うことになってしまった。

日中は使用人としてどんな仕事もこなした彼女だが、夜は招待客のように扱われた。ラヴィニアは話し相手ができて本当にうれしそうで、ロウィーナの過去をあれこれきいてくる。気をゆるめず、真実を隠してうまく答えるのは至難の業だった。

電話に出るためにラヴィニアが席を立つと、フォレストが面白がるような口調で言った。「叔母さんを黙らせることはできないよ。ぼんやりしているようで、実はとても鋭い。人の望みや夢、行いの裏にある動機に大いに興味を持ってるんだ」

「だから、どうしたというの?」そう答えながらも、ロウィーナの胸は不安にざわついた。はしばみ色の目が彼女をじっと見つめている。

「君は、何か隠している気がする」

「私が銀器や宝石を盗んで逃げるとでも?」

「そんなことは思っていないのは百も承知だろう。ミス・フォザリンガム、君はコンパニオンには見えない。この仕事に応募した裏には何かあるはずだ。何か耐えられない状況から逃げてきたのか?」

ロウィーナの頬から血の気が引いた。過去を知られたくない。屈辱は故郷で十分味わった。ウエディングドレスを注文し、牧師を手配し、六人の花嫁付添人も決まり、ジェフリーに愛され守られていると感じて、夢のように幸せだったのに。それが婚約破棄のあとは、陰口をささやかれ、同情され、人々の羨望のまなざしは勝ち誇った視線に取って代わられた。二人は甘い婚約期間を過ごしていると信じていたのに、ジェフリーは実のところ退屈していたのだ。

彼は計算高く私の機嫌を取っていただけだと知って、苦々しさと喪失感に襲われた。

「もし……何か特別な理由があってここへ来たとしても、二日前に出会ったばかりの赤の他人に、どうしてその理由を話さなきゃいけないのかしら？」

「今、君は孤独だ。慣れ親しんだすべての人と世界から遠く離れ、ここで独りぼっちだ。話せば……気が楽になるかもしれない」

あまりに意外な答えに、ロウィーナは息をのんだ。思わずフォレストを見つめると、彼は足元のラグに視線を落とした。彼の声は優しく、目には思いやりがあふれている。長い間氷に閉ざされていたロウィーナの心が溶け始めた。だが、ふと分別と警戒心が頭をもたげた。ジェフリーも優しかったじゃないの。父が亡くなったとき、彼は本当に思いやり深く慰めてくれたわ。だから勘違いしてしまった……。もう自分の判断力も男性の親切心も信じられない。

ロウィーナは顔をこわばらせた。「それがあなたのやり方なのね。ずばりきいても答えがないなら同情を装ってガードをゆるめさせる。その手には乗らないわ。ここへ来た理由をしつこくきくのは、例の野心のことがまだ心配だからなの？　前にも話したでしょう。私には決まった人がいるのよ」

「ああ、その話は聞いた」フォレストは顔を上げて無表情な目を向けた。「彼は今どこにいるんだ？　出会ったのはどこだい？　もし彼がイギリス人なら、なぜ君が二万キロも離れた国へ行くのを許した？　もしニュージーランド人なら、なぜ君は彼の近くで働かずに荒野の真っただ中へやってきたんだ？」

もっともらしい答えを探して、ロウィーナは必死で考えをめぐらせた。「この国へ来る船の中で出会ったのよ。でも仕事も決まっていたし、ここでの経験を楽しみにしていたから、結婚前にまずは何カ月か働いてみたいと思ったわけ」

「たかがコンパニオンとして働く経験より、愛する男との結婚のほうが大事じゃないのか？　だいいち、彼もこの国へ働きに来たのなら、早く所帯を持って腰を落ち着けたがるはずだろう？」

「彼は……あちこち旅をするから」

「どうして？　どんな仕事をしてるんだ？」

追いつめられたロウィーナは、船の中で言い寄ってきた男性を不意に思い出した。信用できないと感じて避けた相手だが、この場の口実にはぴったりだ。

「画家なのよ。旅行会社と契約していて、半年くらいニュージーランドじゅうをスケッチしてまわるの。だから、結婚はそのあとにしようと――」

そこへ、電話を終えたラヴィニアが戻ってきた。

ロウィーナはよろよろと立ち上がった。「もう休ませてもらってもよろしいでしょうか？　今日はとても疲れてしまって」

「もちろんですとも。この二日間いろいろあったから疲れて当然だわ。さあ、もう行きなさい」

「ありがとうございます、ミセス・ビーチントン。それでは、お二人ともおやすみなさい」

ロウィーナは涙が込み上げるのを感じながらベッドに入り、枕に顔をうずめた。ジェフリー……今ごろ私たち二人はノルウェーのハネムーンから帰ってきて、楽しい思い出を胸に新居をかまえているはずだったのに。家柄ではなく私自身が好かれることを確かめたい。そんな無謀な計画のためにここまで来たけれど、好かれるどころか好奇心と侮蔑の的になり、つい嘘《うそ》に嘘を重ねてしまった。そして嘘の嫌な後味が舌に残って消えない。ジェフリー……私は故郷を二万キロも離れた荒野の牧場で、女性すべてを侮蔑する男性と一緒に暮らしているのよ。あなたとの夢が破れたから。ロウィーナは顔を壁に向けた。

4

目を覚ましたロウィーナは、美しい朝の景色にむしろ腹が立った。すべて嵐で一掃されたほうが今の気分に似合う。でも現実は、真紅のゼラニウムに縁取られた広大な庭に朝日がさんさんと降り注いでいる。まわりを囲むイギリスの木々は赤や黄の秋色に染まり、背景の緑濃い原生林に映えている。

　さらに腹立たしいことに、何日か働いた今ではビーチントン一家をまとめて毛嫌いできない。ラヴィニアは本当に愛すべき人だ。私が来たことを心から喜び、仕事ぶりを絶えず褒めてくれる。そんな雇い主に親しみを覚えるあまり、鼻持ちならない甥《おい》への嫌悪感まで和らいでしまわないよう、気を引き締めて用心しなくては。

　メイドのネリーも扱いにくい娘ではないとわかった。自主的に仕事をこなすのは苦手だが、指示されれば素直に従ってよく働く。ここでの生活は、おおむね快適だった。しかし物事には必ずよい面と悪い面がある。そして今回の悪い面は……。

　彼のことを気に病む必要はないわ。たとえフォレスト・ビーチントンが地球上にただ一人残った男性だったとしても、私は絶対に……。ロウィーナは無理やり彼を心から追い出し、階段を磨く作業に集中した。凝った彫刻が美しい階段はニュージーランドの高木のカウリで作られ、とても長持ちしそうだ。

「ロウィーナ、少し休まなきゃ。サンルームで雑誌でもお読みなさい。ネリーも、あなたが働くときは働き、休むとき休むようにさせたほうがいいわ」階段を下りてきたラヴィニアが言った。

「それでは、ベランダへ行くことにします。ネリーは、たいていあそこで縫い物をしていますから」

ロウィーナが裏庭のベランダに出ると、ネリーが刺繍《ししゅう》から目を上げた。

「ミス・フォザリンガム、何かご用ですか？」

「いいえ。独りでいるのがちょっと寂しくなっただけよ。隣で雑誌を読んでもいいかしら？」

ネリーはうれしそうだ。

ロウィーナはもっと親しくなりたくて、思いきって言った。「ネリー、〝ミス・フォザリンガム〟は堅苦しすぎると思わない？　ロウィーナと呼んで」

色白なネリーの頬が喜びと困惑に紅潮した。「ありがとうございます。でも……それは正しいことではないかもしれません。だって今までのコンパニオンの方には、目下の使用人扱いされてたし。もちろん、あの人たちはあなたと違うけど。あなたみたいな品位がなくて、そのくせ上品ぶってて、特にミスター・ビーチントンの前では、まるで……」

今度はロウィーナが顔を赤らめた。「無理強いはしないわ。でも、もっと長く一緒に働いて、ロウィーナと呼びたくなったら、いつでもそうしてね」彼女はネリーの遠慮を押しきり、お茶の用意をした。

ネリーは刺繍を中断して雑誌をめくると、シャンプーの広告を見て大きなため息をついた。「私の髪は、絶対こんなふうにならないんだから！」

「なるわよ」ロウィーナは思わず言った。よけいなお世話と気を悪くされたら困るが、やはり教えてあげたい。「まっすぐできれいなブロンドだもの。毎晩ピンカールで傷めつけるのをやめればいいのよ」

「まっすぐすぎるからカールさせたいんです」

「少しカットして、丁寧にブラッシングしたらいいわ。つやが出て、毛先が自然にカールするはずよ」

「ああ、今すぐやってみたい。だけど火曜日のお休みまでは美容院に行けないし」ネリーは悲しげだ。

「今は休憩中よ。自転車で町まで行ってきたら？」

「近くの町には美容院がないんです。ジェラルディンまで行かないと」

「ネリー……実は私、いとこの双子の娘の髪をいつも切ってあげてたの。カットは得意よ」

「私の髪を切ってくれるということですか？」

「ええ、私に任せる勇気があるなら喜んで」

「あなたになら、なんだってお任せします」若いメイドの目は、あこがれと崇拝に満ちている。

「まあ、無謀な発言ね」ロウィーナはほほ笑んで、よく切れる鋏《はさみ》を取りに行った。テーブルにスタンドミラーを置き、ネリーの肩にシーツをかけ、くしゃくしゃに絡まった髪をブラシで丁寧にとかしてから鋏を入れた。

ショートヘアにすると、ネリーの愛らしい顔が驚くほど引き立って見えた。二人は髪のセットに夢中になっていたので、近づく足音に気づかなかった。

「なんてことだ！　日だまりの美容院か。まさに多芸多才だな、ミス・フォザリンガム。当然、美容師の免許も持っているんだろうね！」

ロウィーナはフォレストを見上げ、ひと言さらりと言った。「すてきになったと思いませんか？」

「すてきすぎるよ。これじゃあ、たちまち新しいメイドを探す羽目に陥りそうだ」妹をからかう兄のように、彼はネリーの頬をつついた。

ネリーはまた喜びに頬を染めた。

フォレストはテーブルを見た。「焼きたてのスコーンか。うまそうだな。ポットにお茶は残っているかい？」

「もう冷めているわ。新しくいれます。ネリー、そこで待っていてね。戻ったら髪を仕上げるから」

フォレストは、キッチンへ行くロウィーナについてきた。「休憩時間にお茶をいれてくださるとはね。だが、いかにも嫌そうな恩着せがましい態度だ」

「別に恩に着せるつもりはないわ。ただ――」

「ただ？」彼はロウィーナの注意を引こうと、彼女がやかんに向かって伸ばした手をつかんだ。

「コンパニオンの野心の話ばかり聞かされて、自然にふるまうことができないんです。あなたといて楽しいという態度をとったら、今までのコンパニオンと同類に見られて警戒されるでしょう？」

フォレストはにやりと笑った。「一本取られたな。君の毒舌にはかなわないよ、カタリーナ」

「カタリーナって……どういう意味？」

彼は物憂げな視線を投げた。「君は『じゃじゃ馬ならし』のカタリーナだ」

「でも、あなたはペトルーキオじゃないわ！　女性をならして結婚する気があるとは思えないもの。なんでも自分でできるから女性は必要ないのよ」

彼は低い声で笑った。「そうでもないさ。女性にも使い道はある。たとえば、君はなんでも器用にこなすから、僕たち一家はどんどん君に頼っていく。


ラヴィニア叔母さんは、髪のセットに町まで行かずにすむだろう。収穫期には、美容院へ行く暇のない僕の髪にまで、君は手を出すかもしれない」

あの短く刈り上げられた黒い巻き毛に触れると考えただけで、ロウィーナの指先はうずいた。奇妙なほど甘やかな感覚に襲われ、弱気になりそうだ。だからきつい口調で言い返した。「ご心配なく。釘《くぎ》を刺されなくても、あなたには手を出しません」

「本当かい？　僕はタイプじゃないのかな？」フォレストは平然と応じ、さらに続けた。「ほら、気をつけて。その熱湯でやけどするぞ」

「紅茶の葉が開く間に、スコーンをこちらへお持ちします」ロウィーナは彼に背を向けた。

「いや、僕もベランダで飲むよ。あたふたさせては申し訳ない」彼はカップとソーサーを取り上げた。

「あなたのために、あたふたなんてしないわ」彼女は引き結んだ唇の隙間から吐き捨てるように言った。

数日後の夜、フォレストは正餐室《せいさん》で言った。「ミス・フォザリンガム、君に乗馬を教えなくては」

「私に?」乗馬は得意なので教えてもらう必要はない。そう言いたかったが、彼は気づかずに続けた。

「ああ、ここでは馬に乗れないと困るんだ」

ラヴィニアが口を挟んだ。「そんな命令口調で言わなくても。馬が苦手な人もいるわ。ロウィーナは、したくないことはしなくていいのよ」

フォレストが叔母に逆らうことはまれだが、今回はかたくなだった。「この件は決定ずみです。休暇に帰省する子供たちも馬に乗る機会が多い。ミス・フォザリンガムがつき添ってくれたら安心だ。彼女なら、習ってできないことはないだろうし」

ロウィーナはその皮肉っぽい口調が気に入らなかった。だが、むっとした顔を見せたら彼の思うつぼだ。だから淡々と縫い物を続けた。洗濯したカーテンにカーテンリングをつけ直しているところなのだ。

「そう……確かにロウィーナはなんでも上手ね。でも無理強いはよくないわ。ただ、あなたを喜ばせるために乗馬を習うような目に遭わせたくないのよ」

フォレストは鼻で笑った。「ミス・フォザリンガム、ただ僕を喜ばせるために乗馬を習ってくださいますか?」

「いいえ、ミスター・ビーチントン。もし習うとしたら、あなたを喜ばせるためではないわ。私自身が楽しむためよ」ロウィーナは冷ややかに答え、心の中でつけ加えた。そして、とても楽しめそうよ!

意外にも、ラヴィニアは笑いだした。「あなたたち二人は本当にどうしようもないわね。言い争ってばかり…。すてきだと思わない?」

「すてきですか、ミセス・ビーチントン?」

「ええ。おかしな話だけど意味はわかるでしょう。家族は言い争うものよ。あなたたちの口喧嘩《くちげんか》を聞いていると、一家そろって幸せだったころ――リンダとダレルが亡くなる前の日々を思い出すわ」

ロウィーナは涙で目がかすみ、うつむいた。たとえフォレストと犬猿の仲でも、一家のつらい過去を思うと同情せずにいられない。また顔を上げると、彼が険しい表情でこちらを見ていた。互いに胸の内を隠したまま、二人はじっと見つめ合った。

あたりは不意に張りつめた静寂に包まれた。

それを破るようにミセス・ビーチントンが言った。

「ねえ、ロウィーナ。あなたも〝ラヴィニア叔母さん〟と呼んでくれない？」

フォレストの鋭い視線を感じ、ロウィーナは息をのんだ。つい昨日も、ラヴィニアは言った。〝自分自身の子供が欲しかったのに恵まれなかった〟と。〝あなたみたいな娘が欲しかったわ〟と。ラヴィニアは陽気で深刻ぶらないから誰も気づかないが、実は忍び寄る失明の危機にさらされている。そんな老婦人の願いを断れるわけがない。でも前に座ったフォレストが鷹《たか》のような目で見つめてくる。叔母に取り入って家族の一員になる気だなと言わんばかりだ。

「あの、お言葉はうれしいのですが、私がそう呼ぶのは、ちょっと……無作法ではないかと」

「あら、無作法なあなたなんて想像もつかないわ。確かに呼び名を変えると、最初は言いにくいものだけど。いつでも気が向いたら試してみてね」

「ありがとうございます」ロウィーナは心から礼を言ったが、フォレストを見る勇気はなかった。

ところが思いがけないことに、彼は親切とも取れる口調で言った。「〝ビーチー〟にすればいい。みんなそう呼んでる。ビーチントンは長すぎて日常会話に向かない。フォザリンガムも同じだ」

ロウィーナは答えに詰まった。

口ごもっていると、フォレストは例の嫌みな口調に戻ってしまった。「だが当然ながら、君は僕の提案には拒否反応を起こすだろうな？」

「そんな子供じみたまねはしません」彼女は穏やかに答え、雇い主に笑みを向けた。「よろしければ、内輪の席では〝ビーチー〟と呼ばせてください」

そのとき、電話が鳴った。

そばにいたフォレストが受話器を取った。「電報かい？　書き留めるから読み上げてくれ。〝クイーン・シャーロット号に船室を予約。月曜日にサウサンプトンを出港。愛を込めて。ヘレン〟」彼は電話を切り、叔母に言った。「ヘレンが帰ってきますよ。こっちへ着くのは……五月だな」

「結構だこと」叔母の返事には温かみが欠けていた。

甥のほうは落ち着きを失い、新聞をめくったり、立て続けにたばこを吸ったりしていたが、ついに応接間のドアを開け、グランドピアノの前に座った。ロウィーナたちは、彼が次々に弾く曲を黙って聴いていた。やがて彼が《聖メリーの鐘》を弾きながら歌いだすと、ラヴィニアは眉をひそめた。

「妙ね。ピアノを弾くのも歌うのも本当に久しぶりよ。何しろ……」彼女はそこで口をつぐんだ。

甥のために遠慮したのだろうが、その先は言われなくてもわかる。ヘレン・デューモアがニュージーランドを去って以来初めて、彼は歌ったのね！

ヘレンは、マラヤで戦死したコリンと婚約していた。フォレストは兄の婚約者をずっと愛していたのかしら。そして今ヘレンの帰郷を知り、〝昔愛した人、今も心から愛する人が海の向こうからやってくる〟と歌っている。

だから彼は気持ちが和み、私への敵意も薄らいだのね。デューモア家の牧場もここと同じく広大だ。ヘレンなら財産のために結婚したがる心配はない。自分の恋愛がハッピーエンドを迎えれば、フォレストの皮肉っぽい態度も和らぐだろう。私も喜んでいいはずよ。それなのになぜか、おかしなことに、ロウィーナは物悲しく感じるばかりだった。

5

翌朝、ひと仕事終えて十時のお茶に戻ってきたフォレストは、さっそく約束——というか脅し？——を守って乗馬のレッスンを始めると宣言した。

「君の厳格な時間割に従って、朝の食器洗いと掃除とベッドメーキングはすんだはずだ。あとはネリーに任せればいい。スラックスに着替えてくるんだ」

ロウィーナはキッチンテーブル越しに彼を見た。

「私は乗馬を習う必要などない、と断っても無駄なんでしょうね？」

「無駄だよ。ここでは馬に乗れないと困る」

乗れるから習う必要がないという意味で言ったのに、彼は相変わらず気づかずに答えた。

ネリーがくすくす笑った。

フォレストは険しい顔を和らげ、子供に甘い親のような笑みを浮かべた。「ネリー、何を笑っているんだい？」

「ミス・フォザリンガムの言い方が、ちょっと」

彼は肩をすくめてロウィーナに向き直った。「ほら、ボスへの強気な発言にネリーがあきれてるぞ」

「いえ、むしろ感心してると思うわ。それに今朝は果物の瓶詰を作りたくて日課を急いですませたのよ。果樹園の果物を腐らせるのはもったいないわ。でも、そう言っても無駄なんでしょうね？」

「では今夜、僕が梨の皮むきをしよう。さあ、着替えてくるんだ、ミス・フォザリンガム」

「かしこまりました、ミスター・ビーチントン」ロウィーナは従順に応じ、のろのろと二階へ上がった。

スーツケースに丁寧にしまっておいた乗馬服にあこがれのまなざしを向けたが、これを着るわけにはいかない。まずは馬に乗れないふりをして彼をからかい、次に実は乗れるところを見せて、強引で思い込みの激しい彼の鼻を明かしてやりたい。私が馬に乗れないと勝手に決めつけた罰よ！

フォレストがダンディを引いてきたときも、笑うわけにはいかなかった。太って動きが鈍く穏やかな性格の老馬は現役を引退して久しい。このお芝居は早めに切り上げてもっと元気な馬に乗りたい、とロウィーナは思った。今までは放置された屋敷の手入れにかかりきりだったが、広大な放牧地や深い峡谷、そして、タウファイ・ヒルズの名前の由来となった銀ぶな《タウファイ》の森を馬で駆け抜けてみたかった。

彼女自身たくさんの子供に乗馬を教えてきたので、初心者の不安を装うのは簡単だった。ロウィーナはあぶみに片足をかけ、鞍《くら》は絶対にずり落ちたりしないのか尋ねた。大丈夫だと彼は請け合った。

認めるのは癪《しゃく》に障るけれど、フォレストは驚くほど忍耐強い教師で、彼女に危険を冒させなかった。

「初心者にしては悪くないな」フォレストが言った。

「ありがとうございます」ロウィーナの神妙すぎる口調には疑いがにじんでいる。

「今のは皮肉じゃない。本気で褒めたんだ」

「あなたの褒め言葉に慣れていないので。いつも批判されてばかりでしたから」

彼は馬を止め、ダンディのくつわに手をかけてまっすぐロウィーナを見た。「ミス・フォザリンガム、君の……仕事ぶりは批判していないよ。そのほかの……女性の野心や感情についての話は、僕の個人的な意見にすぎない。君の働きを批判できるはずがないだろう？　我が家は今、リンダや僕の母が主婦だったころよりうまく切り盛りされている。君のおかげで叔母も幸せだ。これまでのコンパニオンと違い、どんな記事でも――叔母の好きなゴシップ欄も――嫌がらず飛ばさず根気よく読んでくれるからね。それに、叔母と僕は畜産関係の話をまた誰にも気兼ねなくできるようになったし」

ロウィーナの胸に喜びが込み上げた。変だわ。彼をからかって楽しむつもりだったのに、褒められて喜ぶなんて。そんな自分が嫌で、うれしさを隠してうつむくと、栗《くり》色の髪が頬にかかった。ダンディのたてがみを優しくなでてから、彼女はわざと辛辣に言った。「誰かに気兼ねしたり、人の気持ちを思いやったりするあなたは、想像もつかないわ」

一瞬の沈黙のあと、フォレストはつまらなそうに短く笑った。「褒め言葉を素直に受け取らない主義らしいね」

「ある種の男性から褒められた場合にはね。おかしなことに、無遠慮にずけずけものを言う人ほど、相手に同じことをされると嫌がるみたい」

今度はもっと長い沈黙が続いた。目を上げると、フォレストが無表情な顔でこちらを見つめている。

ロウィーナは唇を噛《か》んだ。今のひと言はよけいだったわ。謝らなくては。彼女は唇を湿らせて謝罪の言葉を口にしかけたが、彼はあっさりと言った。

「君は短気だが、それでも僕のことを公平に見てくれていると思っていたのに。気に食わない相手でもよいところは認める。そういう人だとね！」彼の瞳がちゃかすようにきらめいた。「もう降りたいかい？ 乗馬はうんざりかな？」そして彼女の返事を待たずに手を差し伸べた。

初心者のふりを忘れたロウィーナは鮮やかに着地を決め、また彼に褒められた。

フォレストは彼女の手首をつかんだ。「僕が相手の反応を無視して人の感情を踏みにじると、本気で思っているのか？」

ロウィーナは下を向いてあぶみをもてあそんだ。彼には無関心かつ冷淡でいたいのに、なんだか少しどぎまぎする。「あの……今までのあなたの態度を見ているると、そうとしか思えないわ」

「僕と叔母が君の前で下品な畜産用語を無遠慮にしゃべりまくったからかい？　だが君は田舎育ちだから気を遣わなくていいと言ったじゃないか。僕たちの話を聞いて不快に感じていたのか？」

ロウィーナはいらだたしげに首を振り、顔を上げた。「私は平気だわ。ただ、都会育ちの女性の反応にあなたが理解を示すとは思えないだけよ」

「それは君の誤解だ」彼は手首を握る手に力を込めた。「ミス・ブラスウエイトには心から同情したさ。ある日トニーが部屋に飛び込んできて尋ねたんだ。〝フォレスト叔父さん、あの雄羊はどれくらい元気なの？〟僕は慌てて答えた。〝とても元気だ。きっと長生きするぞ〟だがトニーは続けた。〝そっちの元気じゃないよ。何頭くらいの雌羊に種つけできそうかってきいてるんだ〟哀れなミス・ブラスウエイトの顔は赤くなったり青くなったりして虹の七色に染まったよ。僕はトニーを外へ連れ出し、今後コンパニオンの前では畜産用語を慎むよう言い渡した」

どうにもこらえきれず、ロウィーナは頭をのけぞらせて笑った。フォレストも一緒に笑い声をあげた。

「このほうがいいな」彼が言った。

緑のかけらをちりばめたはしばみ色の瞳には、私を落ち着かなくさせる何かがある。それとも落ち着かなくなるのは私自身の気持ちのせいだろうか。わざと嘲ったり皮肉ったりするのを忘れたときの彼は……いいえ、ガードをゆるめてはだめよ。でも、もし別の場所で別の形で出会っていたら、彼がひどい女性不信に陥っていなくて、私がジェフリーのせいで心に傷を負っていなかったら、二人は共通点を見《み》出《いだ》せたかもしれない。

「僕たちはうまくやっていけると思う。この家には君みたいな人が必要だ。それに僕たちはよく理解し合っている。厄介な問題は起こらないだろう」

〝よく理解し合っている〟と言われて、ロウィーナの弾んだ心はいっきに冷えた。彼は明るく愛想のいいときでさえ、用心深く私に釘《くぎ》を刺すのね。この打ち解けた態度は、ただの親しみで他意はないと。

「さて、家に戻って仕事に取りかかるわ」彼女はそっけなく言った。

ロウィーナとネリーは午後じゅう瓶詰作業にかかりきりだった。果物を洗い、皮をむき、スライスし、石炭と電気、両方のコンロを使って湯を沸かす。ラヴィニアも瓶の煮沸消毒を手伝ってくれた。

ベランダの先にある石敷の貯蔵室に果物の瓶を並べ、ロウィーナは満足げに眺めた。だが熟した果物はまだたくさん残っている。実際、もう熟れすぎている。ディナーと食器洗いをすませたころには、彼女は疲れ果ててほとんど動けなかった。

暖炉の前に座り、ラヴィニアに新聞を読んであげていると、フォレストも『ウィークリー・ニューズ』誌を脇に置いて耳を傾け始めた。

「ニュースを読んでもらうのがすっかり気に入ってしまったな」彼はのんびり言った。「女優の声の善《よ》し悪《あ》しは、九九表を読んで聴き手をうっとりさせられるかで決まるそうだ。ロウィーナ、君の読む誕生、結婚、訃報欄は、まるで一編の詩のようだよ」

ロウィーナは新聞で顔を隠したまま読み続けた。頬が紅潮するのは褒められたからではない。ロウィーナと呼ばれたからだ。手首を切ったときは慌てて口走っただけだけど、今のはとても自然だった。

「ビーチー、失礼してもよろしいですか？　少しすることがあるので」ロウィーナは立ち上がり、キッチンへ行って電気コンロをつけた。したいわけではない。でも、ここにある桃と梨を処理してしまえば、明日また次の果物に取りかかれる。

三十分ほどするとフォレストが現れた。「ここにいたのか。今日はもう十分働いただろうに。まだ疲れていないなら、君はロボットだ」

「疲れています。でも歳月と熟していく果物は人を待ってくれないの。今夜のうちにこれを片づけてしまえば、ひと安心できるわ」

「では僕も手伝おう」断られると思ったのか、彼はたたみかけた。「家長の体面に関わるとか、愚かなことを言うなよ。ここでは誰もが協力し合うんだ。この国のやり方に早く慣れたほうがいい」

「断るつもりはなかったわ。イギリスについて古くさい考えをお持ちのようね。そんな見方は時代遅れよ。今や貴族の大邸宅は、ほとんど姿を消したわ。なんとか利益をあげているのは、ごくわずかよ」

「屋敷を有料で公開して稼ぐんだろう?」

「ええ。あるいは広い地所を農場にして」最新の農法と牧畜法を取り入れて大勢が働くエインズリー・ディーンのようにね。ロウィーナは胸を締めつける郷愁を振り払い、きびきびと言った。「それに昔から私の……」〝兄は家事を手伝ってくれている〟と言いそうになり、口をつぐむ。時代の変化を見通していた父の指示で、家族はきつい仕事も使用人任せにはせず、豚小屋の掃除までしてきたのだ。でも自分が旧家の出だということはニュージーランドの誰にも知られたくない。「私の……雇い主の息子さんは家事を手伝ってくれたわ。あなたが切った梨をつける塩水を用意するわね」彼女は慌ててつけ加えた。

「なぜ座って作業をしないんだい?」彼はきいた。

「テーブルが高すぎるの。このほうが脚は疲れるけど、手首が疲れずにすむのよ」

フォレストは食料庫へ行き、ハイスツールを持ってきた。「これで、すべて解決さ」

「ありがとう。でも、やはり立ったままがいいわ」自分が意味もなく強情を張っているとわかっていたが、ロウィーナはかたくなに言った。

「そうか」彼は不意に笑いだした。瞳が楽しげに輝いている。「今夜は簡単に座れないんだな？」

「馬に乗ったせいで――そう言いたいの？」

彼が相変わらず瞳をきらめかせて、うなずいた。

「どこも、少しも、痛くありません」彼女はいきなりスツールに座った。

彼があまり大声で嘲るように笑うので、ラヴィニアが何事かと見にやってきた。

「叔母さん、たった今発覚したんですよ。こちらの万事に秀でたミス・ロウィーナ・メリサンド・アガサ・フォザリンガムは、皮膚さえも我々より丈夫にできてるとね。実に非凡な女性だ！」

「フォレストったら。なんの話かさっぱりわからないけど、ここはとても家庭的な雰囲気ね。私もこっちで編み物をするわ」彼女は毛糸を取りに行った。

「編み物ができなくなったら、叔母さんはどうやって時間をつぶすのかな」フォレストがつぶやいた。

「大丈夫。読書しながら編む人も多いのよ。平編みくらいなら見なくてもできるわ」

「君こそ我が家の癒やしだよ」彼は冗談めかして言ってから、ふと真顔になった。「僕ら家族の将来がずっと不安だったんだ。例の画家との結婚をあまり急がないでくれるかい？」

ロウィーナは答えずに瓶をいくつかトレイにのせ、貯蔵庫へ向かった。フォレストもついてきた。

小さなテーブルに並ぶ瓶詰はどれも完璧な出来だった。丸い杏《あんず》は瓶の中で美しい模様を描き、四つ割りの梨は外側のカーブをガラスにつけて整然と積み重なり、桃はもともと果実の大きさがそろっていたかのように見事に同じサイズにカットされている。

フォレストはいぶかしげに彼女を見た。「これは、特に形のいい果物で作った分かな」そして熱のこもった声で続けた。「君は興味がないかもしれないが、農畜産物品評会があるんだ。この辺で一番盛大なのは、クライストチャーチA&Pショーだ。うちの牧場も家畜のパレードに参加している。だが農産物のほうは長年ごぶさただ。母は瓶詰の達人で、創造力を発揮した作品を出品していた。当時はスタッフが十分いて暇もあったしね。リンダは子供が小さくて参加をあきらめるしかなかった。今回、これでほかの農場と張り合ってもいいかもしれない」

初めて無条件に、からかい半分でなく褒められ、ロウィーナはベッドに入ってから考えた。本当は乗馬が得意なのに、彼をからかいたくて初心者のふりをしたことを、明日は打ち明けるべきかしら。

残念ながら、そうはならなかった。翌日ある会話を耳にし、改めて悟ったのだ。やはり彼は、まれに打ち解けたときは別にしても、尊大な頑固者だと。

その日、フォレストが牧場の防風林の先で柵の修理をしていると知っていたので、ロウィーナは打ち明け話をしに行った。防風林はタウファイ山のふもとに近い。そこからは山の斜面をゆるやかに登る山道が長く延びている。彼女が柵に近づく前から、怒りのこもった声が聞こえてきた。間違いなくイギリス人――ヨークシャー人の声だ。

「ここの地主は、旅行者が私有地を通っても気に留めないと聞いて来たんだ。僕たちはたき火をしたり、放牧場の門を開けっ放しにしたりしないよ」

フォレストが答えた。「たき火や門は関係ない。問題は天気だ。今日は、誰もこの山へ登らせるわけにいかない」

「でも見てのとおり空は晴れてる。風は北西だ。この国に来て結構長いから嵐の兆候くらいわかるさ」

「〝生兵法はけがのもと〟ということわざを知らないのか?」フォレストは軽蔑に満ちた声で言った。

「今が北西の風とわかっても、今後の変化までは読み取れないだろう。ほら、雲が風で分かれて北へ吹き飛ばされていく。風が南西に変わるんだ」

旅行者は若い男女の二人連れだ。ロウィーナは三人から見えない位置に立って成り行きを見守った。若者はまだフォレストの言葉を疑っているようだ。ロウィーナも半信半疑だった。背中には温かな日差しが降り注ぎ、見渡す限り穏やかな青空とエメラルド色の大地が広がって金色の光があふれている。嵐が近いとは思えない。フォレストはただ自分の土地をうろつく他人が気に入らないだけかもしれない。

感じのいい若者は声を荒らげた。「あなたの土地を通らずに別ルートから登ることだってできる。僕らを山から追い払う法的権限でもあるんですか？」

「いや、権限はない。だが別ルートはどれも歩く距離が恐ろしく長いぞ。いずれにしろ、この山をよく知る者として、こんな天気で登ろうとするやつは力ずくでも追い払ってやる！」

フォレストはやせているが、肩幅が広く筋肉質だ。一方、若者は華奢《きゃしゃ》な少年のような体形だ。彼は肩をすくめ、隣の女友達に向き直った。「行こう、アンジェラ。どうやらここは思ったほど民主的な土地柄ではないらしい。山はほかにもあるし、休暇もまた取れるさ」

「とても賢明な判断だ」フォレストの声は冷たかったが、かすかな安堵《あんど》がにじんでいた。「ほかの山へは適切な服と靴で行くべきだな。吹雪に備え、食料と小型の非常用コンロも持っていくこと。あまりにも多くの命が山で失われてきたんだ」

二人は返事をせずに来た道を戻っていった。ロウィーナも黙って帰ることにした。今のフォレストは、乗馬の件をささいな嘘《うそ》と笑って許す気分ではなさそうだ。それに、なぜ打ち明けなきゃいけないの？　彼はいつも自分が正しく相手に非があると決めつけたがる。お返しに少々笑い物にしてもいいじゃないの。緑濃い低木の茂みを抜け、彼女は静かに帰った。

昼食の席で、フォレストはクライストチャーチへ行くので誰か同行するかと尋ねた。ラヴィニアは外出が面倒だと答えた。ロウィーナはぜひ行きたかったが、果物の瓶詰を後まわしにはできない。それに彼の横暴さが腹立たしくて、ふとした言葉で大喧嘩《おおげんか》になりそうだ。だから行かないことにした。

夕食後に食器を洗っていると、私道から車庫へ向かうフォレストの車の音が聞こえた。慌てて食器を拭き終え、廊下へ飛び出したが遅かった。裏口からキッチンに入ってきた彼に、ドアの向こうへ消えるプリーツスカートの裾を見られてしまったのだ。

「やあ、ロウィーナかい？」

彼女は聞こえなかったふりをしようかと思ったが、引き返した。「ミスター・ビーチントン、叔母様が早めに休まれたので、私ももう寝るところです」

「もう？ ついてないな。男がやっと町から帰ってきたら、女性陣は全員ベッドの中とはね」

「食事ならサンドイッチとコーヒーを用意してあります」ロウィーナはあえて無関心な口調で言った。

彼は顔をしかめた。「慰めにならないよ。もっと腹にたまるものを期待していたのに。夕食をとる暇がなかったんだ。忙しかった上に、ある出来事が起きてね。君が何か作ってくれるかと思ったんだが。いや、気にしないでくれ。自分でベーコンエッグでも作ろう。疲れているなら早く寝なさい。君は働きすぎだ。残りの果物は腐らせてしまえばいい」

ロウィーナは彼の好意に甘えたくなかった。「いいえ、お望みならステーキでも焼きますわ」

「一緒に食べてくれるかい？ 一人で食べるのは嫌いなんだ」少年のように無邪気な目で彼は懇願した。

「わかりました」ロウィーナは疑わしげに答えた。

「あまり乗り気じゃなさそうだね、ミス・ロウィーナ・なんとか・かんとか・フォザリンガム！」

彼女は肩をすくめた。「夜のこの時間に、食事のおつき合いは乗り気になれないかもしれません」

フォレストは腕時計を見た。「まだ十時だぞ。君の年なら、十二時でも宵の口だろうに！」

「別の状況なら、そうでしょうね」

「ダンスフロアに甘美な曲。そして……軽いロマンスがあれば、乗り気になってくれるかな？」

急に魅力を振りまかれ、甘い言葉をささやかれても、誘惑には屈しないわ。だって彼のことは大嫌いだもの。そうでしょう？「町の娯楽が恋しいわけではありません」ロウィーナは冷ややかに答えた。

「ああ。恋しければ、今日町へ行ったはずだからね。だが誘ったのが僕でなければ、君は行ったかもしれない」フォレストは彼女に鋭い視線を向けた。

結婚する気はないと明言しながらも、女性に嫌われると自尊心が傷つくみたいね。ロウィーナは内心ほほ笑んだが、そ知らぬ顔できいた。「ステーキのつけ合わせはトマト？　それとも卵にする？」

「両方だ。フライドポテトも頼む。じゃがいもの皮は僕がむくよ。ダンスフロアと甘美な曲に興味がないなら月の光はどうだい？　今夜は気持ちのいい月夜だ。君は叔母さんと屋内にこもりすぎてる。たぶんニュージーランドの月はイギリスの月と比べ物にならないと感じているだろうが、ここから見上げる月は思い出に残るよ。ナイチンゲールはいないけどね。どんな鳥の歌声もナイチンゲールにはかなわない。もちろん、君はそう思ってるんだろう？」

君はホームシックで南半球はお気に召さない。そう決めつけられて、ロウィーナはかっとなった。

「いつも私の心を読めると思い込んでるみたいね。でも私は全然ホームシックじゃありませんから。ここはすばらしい国だと思っているわ。初めは広い平原に圧倒されて、ちっぽけな自分が心細かったけど、今はその雄大で自由なところに惹《ひ》かれるの。この国にしかいないミツスイのさえずりを聞いたときは、これほど美しい歌声があるかしらと感じたし。ナイチンゲールを恋しがってはいないわ！」

「ブラボー！　大演説だな」フォレストは笑って、ステーキをひっくり返す彼女の肩に手をかけた。

「あなたって、なんでもちゃかさずにはいられないの？」ロウィーナは身をよじって彼の手から逃れた。

フォレストはキッチンのテーブルに料理を並べた。

「ポークは好きかい？　近々豚狩りをする予定なんだ」

「豚を狩るの？」ロウィーナは驚いてきいた。

彼はまた笑った。「君は小屋にいる家畜の豚しか見たことがないだろうが、ここでは豚と鹿は害獣さ。森林を荒らすから、増えすぎないよう駆除するしかないんだ」

「なんだか気が進まないみたいな言い方ね？」

「ああ」彼はきまりが悪そうに答えた。いつになくうろたえて見える。「この辺では、たいていの男は豚狩りを大いに楽しむ。だが僕は、なんであれ楽しみのために殺すと考えただけで不愉快だ。動物も鳥も眺めるほうがいい。バードウォッチングは好きだが、鴨《かも》狩りは……絶対できない」フォレストはテーブル越しにまっすぐ彼女を見た。「おかしな男だと思うだろうね。女々しいやつだと！」

ロウィーナはその悪びれない視線をまっすぐ受け止めた。「いいえ。むしろ……親しみを感じるわ」言ってから赤面し、そんな自分に腹が立った。

彼の唇がぴくぴくと動いた。「癪に障るんだね、ロウィーナ？　僕の中に共感できる部分があって、それを認めなきゃならないことが」テーブルに置いた彼女の手をフォレストは軽く叩《たた》いた。

彼女はさっと手を引っ込めた。フォレスト・ビーチントンに〝気を持たせた〟なんて言われたくない。

食事がすみ、ロウィーナが洗い物を始めると、彼は食器を拭いてきちんと棚に収めた。彼女はおやすみを言って背を向けたが、腕をつかまれた。

「僕がベランダで一服する間、つき合ってくれないか？　話があるんだ。君の助言が欲しい」

「この夜ふけに、まさか豚の話じゃないわよね？」

ロウィーナは彼の先に立ってベランダへ出た。

二人並んでベランダの手すりに肘をつくと、彼はしぶしぶという口調で話し始めた。

「実は……リンジーのことなんだ。今日、町であの子に出会った。リージェント通りの喫茶店で僕が紅茶を飲んでいると、リンジーもそこにいたんだ。恐ろしく不釣り合いな男と一緒だった。ひと目見ればお里が知れる、というタイプさ」

「〝不釣り合い〟とはどういう意味かしら？　リンジーとは別の階級に属する男性だ、とでも？」

「とんでもない！　階級を持ち出すとは、君は本当に俗物だな」フォレストはいらだたしげに言った。

ロウィーナはむっとした。彼の偉そうな物言いを指摘しただけなのに、逆に私を俗物だとなじるなんて。悪いのは自分ではなくて相手だと決めつける才能なら、彼の右に出る者はいないわね。それでも辛抱強くきいた。「では、どういう意味なの？」

「脂ぎって、安っぽくて、その日暮らしの浪費家で、チャンスは見逃さないタイプだ。あの男がビーチントン家のすべてを知っているのは間違いないな」

「あなたは一種の恐怖症じゃないかしら。近づいてくる人は誰でも財産目当てに見えるのね」

そう言いながら、ロウィーナは落ち着きを失った。彼が恐怖症になったのは理由があるし、自分も同じだと気づいたのだ。ジェフリーに婚約を破棄されて以来、男性に褒められたり誘われたりするたびに、私も疑いの目を向けてきた。そしてついに、人々がお金ではなく私自身を愛してくれると納得するために、素性を隠して海外で暮らそうとまで思いつめた。

「いや、あの男は紛れもない卑劣漢だ。ひと目見ればわかる」フォレストは言い張った。

「第一印象でそこまで決めつけられるの？」

「ああ、もちろんさ」

自信満々に言いきる彼と話しても無駄だと思ったが、会ったこともないリンジーのためにロウィーナは粘った。「でも、ただの友人かもしれないでしょう。深刻に考えすぎるのは、かえってよくないわ」

「ロウィーナ、これは僕の兄の愛娘《まなむすめ》の問題だ。そして兄はもう娘の相談に乗ることができない。リンジーは初々しくて世間知らずで、僕にはさっぱり理解できない娘だ。君に助けてほしいんだよ。ラヴィニア叔母さんはぼんやりしすぎてるし、自分だけの小さな世界に閉じこもってる。君は僕よりリンジーと年が近く、しかも女性だ」

「わかったわ」ロウィーナは本気で力になりたいと思った。「リンジーは彼をあなたに紹介したの?」

「ああ。僕が眉をひそめても平気とばかりに、強がって紹介したよ。大学の授業をさぼって遊んでいるところを見つかったわけだし、僕があの手の男を嫌っているのはリンジーもわかっていたからね」

「そして彼女の予想どおり、あなたは眉をひそめたのね?」

「当然だ。君だって、紹介された僕が喜んで彼の首に飛びつくとは思わないだろう? だが無作法な態度はとらなかったよ」

「そうでしょうとも。ただ、よそよそしく冷ややかに接しただけよね。だからリンジーは、そんなあなたの態度に身構えてしまい、反動でもう一人の男性のほうが親切で立派に見えてきた。その時点ではちょっと惹かれていただけだったかもしれないのに、あなたは彼女が恋に落ちるよう仕向けたのよ」

非難されても、彼は姪《めい》のことが心配で腹を立てるどころではなかった。「確かに、あの子は恋をしていると思う。あんなリンジーは見たことがない。だから心配なんだ。君なら、あの場面でどうした?」

「動揺を隠して、彼女がさわやかな若い男子学生といるのを見たときのように、心から友好的な態度をとるわ。そして五月の大学の休みにここを訪ねるよう招待するわ」

「あいつを招待する？　なんのために？」

「リンジーが愛してやまない故郷――この揺るぎない大地に立てば、彼の安っぽい正体が浮かび上がるからよ」逆に、もし彼が本当に好ましい若者だとわかれば、フォレストも態度を和らげるかもしれない。それはそれでいいことだわ。

フォレストが彼女の提案を考える間、ロウィーナはタウファイの大地に昇る月を眺めた。空は寒々として風が強く、速く流れる雲が時折月を隠す。季節は秋から冬へ向かっているようだ。

「一理あるな。だが、どうやって呼び寄せる？」

「叔父さんらしい愛情のこもった手紙を書いて、週末に彼を招待してはどうかと誘うのよ。町で働いている人なら、週末は休みでしょう？」

「暇人さ。非常勤で、あちこちの大学で美術の講師をしているらしい。本人はイギリス人だと言っていたが、南アメリカの血も入ってる感じだよ」

それって……もしかして……。確かめなくては。ロウィーナは唇を湿らせ、慎重にさりげなさを装ってきいた。「彼は、なんという名前でしたっけ？」

「ダーク・サーギソンだ。映画スターみたいな名前だろう？　見かけもだよ。口ひげ、長いまつげ、カールした髪。爪まで完璧に手入れしてる」

やっぱり！　確かにダーク・サーギソンは脂ぎって、安っぽくて、その日暮らしの浪費家よ。そして女性は、女子大生よりずっと経験を積んだ大人でも、彼の魅力に惹かれる。その彼と、私が船で出会って婚約同然と話した男性を、抜け目のないフォレストが同一人物だと結びつけるまでに、どれくらいかかるかしら……。フォレストの追及をかわしたくて、つい彼を口実に使ったのは、本当に不運だったわ。

6

しかも、この私が、彼をここに招待するよう勧めたのよ！　ロウィーナは頭の中が真っ白になった。朝が来れば、何か名案が浮かぶかも。とにかく今は慎重に、フォレストに動揺を悟られないよう、いつもどおりの声を出さなくては。

「ナスタチウムの花が真っ盛りね？　鮮やかなオレンジや黄色が家を明るく彩っているわ」

「ああ。だが明日の朝には盛りを過ぎてる」

「どういう意味？」

「あの草は吹雪でだめになってしまうのさ。夜明けには牧場全体が真っ白だろう」

もしこれほど動揺していなかったら、ひそかに笑ったかもしれない。彼は相変わらず嵐が来ると言い張っているんだわ。今朝若いカップルを追い返した処置は正しかったと納得したいのね。

その夜、ロウィーナはあまり眠れなかった。ひと晩じゅう寝返りを打ってあれこれ考えたが、名案は浮かばなかった。いずれにしろ、誰もよく眠れなかったはずだ。激しい風に窓が揺れ、庭の木々がざわめき、屋根に雨音がして、窓に雹《ひょう》が打ちつけた。

朝はブラインドを上げる前から牧場が初雪に覆われたとわかっていたし、一階に下りてベランダに出る前からナスタチウムはだめになったと知っていた。

朝になっても解決策を思いつけないロウィーナは、リンジーがダーク・サーギソンを招待しないことを期待するしかなかった。あるいは、ダークの都合がつかないとか。でもそれは期待薄だ。リンジーの裕福な家柄を知ったら、彼は必ず来るだろう。

もしダークが来て、フォレストが何か感づいたら、黙っているとは思えない。ダークが現れる前にフォレストに打ち明けたほうがいいかしら。タウファイ牧場に来るコンパニオンはみんな妻の座を狙っていると彼が信じ込んでいたから、私は安全だとわかってもらうためにダークを持ち出しただけだと。でもそれでは、私がフォレストへの野心を隠すために画家との仲を利用した策略家のように見えるわ。

そのときロウィーナの頭に別の案がひらめいた。しばらく離れている間に熱が冷め、あれは船上のロマンスにすぎなかったと気づいて別れたことにしよう。でもそれでは、あちこち旅する画家よりいい獲物――たとえば裕福な牧場主を見つけたから乗り替えたように見えるわ。ロウィーナはうめいた。なんて複雑なことになってしまったの。

とにかくダークが現れてフォレストが気づかずにすむわけがない。ダークがひと言言うだけで事足りる。そして言うに決まっている。〝やあ、世間は狭いな。ストラスネヴン号の上でも会ったよね〟と。

フォレストは例によって黒く太い眉を上げ、目を鋭く細めるだろう。そして考えるはずだ。ダークの名前は以前教えたのに、彼女は知り合いだと言わなかったぞ……。ロウィーナは不意に気づいた。何よりも耐えがたいのは、私があいうタイプの男性に惹《ひ》かれたとフォレストに思われることだわ！

その日以降、ロウィーナはわざとフォレストと距離を置いて冷ややかに接した。いったん打ち解けたら、嘘《うそ》がばれて嫌われたとき、よけいつらいだろう。

乗馬レッスンは毎日受けていたが、彼女はもう時間の無駄だと打ち明ける気を失っていた。晴れて寒い日が続き、毎朝芝生に降りた霜がダイヤモンドのように輝いた。それから、信じられないほどまぶしい陽光が降り注ぐ。庭のイギリスの木々は、暗緑色の原生林を背景に、夕日の色に染まった。

ある朝、ラヴィニアが私道の端にある郵便受けからフォレストあての電報を取ってきた。

「ロウィーナ、電話での知らせはなかったから特に緊急ではないはずだけど、これをフォレストに届けてもらえるかしら。あの子はミロ峡谷で、小川の水をうちの灌漑《かんがい》用水路へ引く作業をしているの。ダンディに乗っていくといいわ」

ロウィーナは電報を手に、スラックスに着替えようと自室へ上がった。そして乗馬ズボンに目を留めた。峡谷へ行くには放牧場の柵を何十箇所も越えなければならない。ちょうどいい機会だわ！ 自分の生徒が次々に柵を飛び越すのを見たら、フォレストはどんな反応を示すかしら。そう考えると脈が速まり、不安に心が震えた。だが彼女は不安を抑えつけた。もともと彼を怒らせる計画だったでしょう？ 強引で思い込みの激しい彼の鼻を明かすのよ。

ロウィーナは乗馬ズボンをはき、クリーム色のシルクのシャツを着た。とても暖かい日なので焦げ茶色のジャケットのボタンは留めなかった。そして誰にも見られないよう、裏階段をこっそり下りた。

鞍《くら》をつけたのは、ダンディではなくクイーンだ。運動不足だった雌馬は、ロウィーナを乗せて風のように厩舎《きゆうしや》を飛び出した。

ロウィーナの気分は高揚し、不安は消えていった。この辺の放牧場はタウファイ山のふもとへ向かって上り坂になっており、浅い小川や灌漑用水路を渡る細道はくねくねと曲がっている。柵はたいてい金網だが、ハリエニシダの生け垣もある。どの柵も、雌馬は鳥のように身軽に飛び越えた。

広大な放牧場をあと三箇所横切れば峡谷に着く。そのとき、木立の陰から出てくるフォレストの姿が見えた。蹄《ひづめ》の音が聞こえたらしく、立ち止まってあたりを見まわし、ぴたりと動きを止めた。

ロウィーナは雌馬を駆って最初の柵を楽々と飛び越え、一、二分後には次の柵を越えた。腕の見せどところは三番目の柵だ。柵の先には小川が流れ、手前の土手は崩れかけている。彼女は柵をひらりと飛び越えて、フォレストの立つ向こう岸の土手に見事な着地を決めた。

ロウィーナは雌馬をゆっくり進めて彼の前に立ち、馬を降りた。そして何食わぬ顔で、ジャケットの胸ポケットから黄色い紙を取り出した。「電報です、ミスター・ビーチントン」彼女は控えめに言った。

フォレストは紙を受け取り、二人の目が合った。心臓が激しく打つのを感じても、ロウィーナは後ろめたそうに目を伏せたりしなかった。

「君は……第一級の……大会出場クラスの騎手だったわけか」低く抑えた声は怒りの深さを物語って、怒鳴り声より恐ろしい。「乗馬に学位はなさそうだが、トロフィは山ほど持っているんだろうな。なぜ黙って僕のレッスンを受けていた？」

ロウィーナの緑の目が我知らずきらりと光った。

「乗馬を習う必要はないと何度か言ったはずです。ユーモアのセンスが、あなたとは違うともね！」

「ああ、聞いたよ。そして確かに違うようだ！」

鋼のような指がロウィーナの肩をつかんだ。怒りに燃える目が彼女の目をのぞき込む。彼はパニックに陥ったが、動揺を顔には出さなかった。

「ほら、思いきり揺さぶりなさいよ。こういう目に遭うかもしれないと覚悟しておくべきだったわ！」

彼の顔が触れ合いそうなほど近づき、はしばみ色の瞳の奥で不可思議な何かがひらめいた。必死であらがっているのに、否応《いやおう》なしに惹きつけられ、ロウィーナの体は張りつめた弓のように反り返った。

そして、彼はキスをした。彼女の唇を強くとらえ、くまなく探り、征服していく。

キスがどれくらい続いたのか彼女にはわからなかった。それは、時計では計れない時間だった。

フォレストは唇を離し、肩をきつくつかんだままロウィーナを見下ろした。今や怒りに燃える目をしているのは彼女のほうだ。ロウィーナは何か言おうとしたが、適切な言葉が見つからない。

彼の唇がぴくぴくと動いた。「途方に暮れる君を初めて見たよ。怒りを抑えずに、僕の頬を叩《たた》けばいい。よくできた映画のヒロインみたいにね」

フォレストが手を放すと、ロウィーナはよろけた。身構えてこわばった体を彼が支えてくれた。

彼女は唾をのみ込んだ。何か辛辣な言葉を浴びせて、本心を隠さなくては。でも、本心って？　いえ、自分の気持ちを分析している場合じゃないわ。とにかく本心を悟られないよう、ひたすら彼を嘲るのよ。

「ミスター・ビーチントン、生意気な小娘にどんな罰を与えるかは、もっと慎重に考えるべきね。お偉いフォレスト・ビーチントンを笑い物にするとは生意気だ。そういうことでしょう？　でもキスなんかしたら誤解を招くわ。女性に――特にコンパニオンに――追いまわされて迷惑だとしつこく言ってたくせに、結局は女性を求めていたのかと思われかねないわよ。幸い、私はそんな誤解はしませんけど。今のは、ただの侮辱だったのよね」

彼が笑ったとき、ロウィーナは本当に頬を叩きそうになり、両脇で手を握り締めて衝動をこらえた。

「女性はみんなそうだが、君は大げさに考えすぎだ」彼は面白がるような口調で言った。「なんでも必要以上に大ごとにしたがる。別に侮辱する気も罰を与える気もなかった。君は口うるさく煩わしいが、若くて魅力的だ。怒ったときは特に。キスされたくないなら挑発するな。僕は誘惑に負けただけだ。それに、君にはキスをしても安全だとわかっている。君に追いまわされる危険はない。そうだろう？」

「ええ、全然ないわ！」彼女は吐き捨てるように言った。

「そう、船上のロマンスがあるからね」彼は腹立たしいほど無造作にうなずいた。

「それがなくても同じことよ。たとえ私に恋人がいなかったとしても、あなたは安全だわ。女性は夫とする人に、ある種の資質を求めるものですから」

「ほう、どんな資質だい?」あくまでも礼儀として尋ねるという口ぶりだ。

「思いやりとか、寛容の心とか、癇癪《かんしゃく》を抑えられるとか。どれもあなたには欠けている資質だわ。たとえどれほど裕福でも、無情で高圧的で不当で、自由の国の公共の山から出ていけと観光客に命令するような独裁者を、誰が夫にしたがるかしら?」

「観光客に命令? なんのことかな?」癪に障るほど穏やかに彼はきいた。

「登山者を追い払ったじゃないの。正当な理由もないのに。よそ者があなたの領地を通るのが気に食わなかっただけでしょう?」

フォレストの顔に不可解な――暗く沈痛な表情が浮かんだ。だがそれはたちまち消えたので、ロウィーナは気のせいかもしれないと思った。

「十分に正当な理由があったんだ」彼は平静な声で言った。「タウファイの住人なら誰でも知っていることかと思っていたが。その話はしたくない。電報を読んだほうがよさそうだ」フォレストはポケットに入れていた紙を取り出した。「急用ではないな。リンカーン・カレッジからだ。クライストチャーチ近郊の農業大学だよ。うちの放牧場で実験に取り組んでいて、僕が管理している。経過報告が欲しいらしい。帰って電話しよう。少し待ってくれれば、一緒に帰れる」

彼はロウィーナを軽蔑の目で見て、わざと礼儀正しくふるまっている。幼稚な癇癪には取り合わないと言わんばかりだ。二人は無言で帰路についた。

馬を降りると彼が口を開いた。「子供たちが帰省したら、乗馬の練習につき添ってもらえるとありがたい。五月の学校の休みには、ニコラスの牧場からヘレンの馬を借りよう。君はそれに乗るといい」

「ありがとうございます」ロウィーナは感謝のかけらもない口調で言い、先に家に入った。彼は寛大なところを見せつけ、口汚く嘲った私を恥じ入らせようとしているのよ。憎たらしいったらないわ。意思に反して彼のキスに応えてしまった自分の本能も、憎くてたまらない。正直に言って、あの瞬間……。とにかく、ジェフリーとはただの一度もあんなキスをしたことがなかったわ。だから何？　ロウィーナ・フォザリンガム、あなたは大ばか者よ！

二日後の四月二十五日はアンザックデーの祝日だった。一九一五年のこの日、オーストラリアとニュージーランドの連合軍は、灰色の夜明けにガリポリ半島に上陸し、圧倒的に有利なトルコ軍と勇敢に戦ったのだ。毎年この日の夜明けには、国じゅうの教会で多数の戦没者を追悼する礼拝が行われる。


タウファイ地区では、牧場内の小さなチャペルで午後に追悼礼拝が行われた。

古風な趣のある美しいチャペルは原生林の中に立っていた。一族の墓地がまわりを囲み、雪を頂くタウファイ山が背後にそびえている。壁はこの土地で切り出された石造りで、屋根板は木製だ。

チャペルの中は薄暗かった。真鍮《しんちゅう》の花瓶に白い菊が生けられ、血のように赤いけしの花と月桂樹《げっけいじゅ》のリースも飾られている。ロウィーナは窓のステンドグラスを見上げた。美術品としても見事な出来で、戦没者を追悼するステンドグラスが特に美しい。

隣の窓は、ダレルとリンダのビーチントン夫妻を追悼するステンドグラスだった。絵柄の山は紛れもなくタウファイ山だ。山の下には、迷える子羊を抱くよき羊飼い、キリストの姿が描かれている。だが絵の上の聖書からの引用文を読んで、ロウィーナは困惑に眉根を寄せた。〝人がその友のために自分の命を捨てること、これよりも大きな愛はない〟

どう考えても、コリン・ビーチントンのような戦没者に捧《ささ》げるほうがふさわしい追悼文だわ。

ちょうど牧師のピーター・ジェロルドが隣に立ったので、彼女は尋ねた。「この追悼文はどういう意味ですか? ミスター・ビーチントンのお兄さん夫妻は交通事故で亡くなったのかと思っていました」

「タウファイ山で亡くなったんだ。吹雪に巻き込まれた軽率な登山者を救出中に起きた事故だよ。夫妻は熟練した登山家だったが、遭難者二人を安全な地点まで下ろしたあと、リンダが凍った岩棚で足を滑らせた。ダレルは落ちる妻を助けようとして、夫婦とも六十メートルほど落下した。救出された登山者は自力で下山し、牧童たちが捜索隊を組織した。だが夫妻を発見したときは……すでに手遅れだった」

ロウィーナの顔から血の気が引いた。「なんてことなの! 私は彼を嘲ったのよ。正当な理由もなしに登山者を追い払う無情で高圧的な独裁者だと!」

彼女の打ちひしがれた顔をひと目見るなり、牧師は去っていった。ロウィーナは青い絨毯《じゅうたん》を敷いた床にくずおれ、両手で顔を覆って泣いた。

やがて別の手が、涙にぬれた彼女の指を顔からそっと引き離した。見上げるロウィーナの目にフォレストの顔が映った。

「君のところへ行くよう、ピーターに言われたよ」フォレストは静かに言うと、彼女の両手を大きな手で包み込み、隣にひざまずいた。「気にしなくていいんだ、ロウィーナ。君は知らなかったんだから」

彼女はおろおろと泣きじゃくった。「なぜ黙っていたの? つらすぎて話せなかったから?」

浅黒く引き締まった彼の頰に赤みがさした。「あの日の君は、それでなくても僕のせいで十分動揺していた。そんな君がつい口走った言葉を偉そうに責めたりしたら、フェアじゃないだろう」

ロウィーナは恥じ入ってうなだれた。

「実は」彼はいたずらっぽく言った。「しょんぼりした今の君のほうが好きだと思えるくらいさ。すべてに優秀で、時計並みに正確無比なロウィーナ・メリサンド・アガサ・フォザリンガムは、立派すぎて恐ろしい。今のほうが人間らしく見えるよ」

フォレストは子供をなだめるように彼女を抱き寄せ、ぬれそぼった薄いローン地のレースハンカチの代わりに、大きくて頼もしいハンカチを取り出した。そして彼女の顔をのぞき込んでほほ笑んだ。

「もう大丈夫だね。よかった」彼はロウィーナを立ち上がらせた。「君を迎えに来て、ピーターに出くわしたんだ。RSAタウファイ地区婦人部が、羊毛刈りに使う大きな納屋でパーティを開く。君も招待されている。ぜひ来てくれ。みんなも喜ぶだろう」

フォレストは彼女の腕を取り、チャペルの外へ出た。二人は入口の踏み段で立ち止まって目の前の景色を眺めた。眼下には平野が広がり、峡谷を抜けた細い川が平野を横切って流れている。ぶらぶらと家路をたどる人もあれば、大きな納屋へ急ぐ人もある。黄色の花の咲くハリエニシダの生け垣が、広大な放牧場に格子模様を描き、タウファイ山の後方には、さらに高いサザンアルプスの峰が連なっている。

ロウィーナの胸に名づけようのない感情があふれた。フォレストと理解し合えたおかげで、安らぎと、この国を自分の居場所として受け入れる気持ちが生まれたのだ。そして不意に、故郷と……ジェフリーを懐かしむ気持ちが消え去った。

フォレストが彼女を見下ろして言った。「休戦しよう、ロウィーナ。僕はもう君がタウファイ・ヒルズに住むことを嫌がってはいない。君の有能さはとっくに認めている。我が家は今までにないほど手入れが行き届き、見事に切り盛りされている。それに僕たちは、互いにロマンチックな感情を抱く心配はなさそうだ。いい友達になれるだろう」

ロウィーナは笑顔で彼を見上げた。「ありがとうございます、ミスター・ビーチントン」

「フォレストと呼んでくれ。さんざん言い争ってきた仲じゃないか。堅苦しいのは似合わない」

金色の陽光が降り注ぐ平原を彼と歩きながら、ロウィーナは心が温かくなるのを感じた。でもそのぬくもりは、日差しとはなんの関係もなかった。

「僕たち二人が協力すれば、リンジー救出作戦も成功しそうだな。君の勧めどおり、あの子に手紙を書いたんだ。大学はあと十日で休みに入る。例のならず者は、五月の休暇に何日かここに泊まる予定だ」

あと十日！　たちまち過ぎるその時間内に、惨事を回避する案を考えなくては。でも、案って何？

フォレストは私の中傷の言葉を怒りの爆発と理解して許してくれたが、愛に裏切られた女の複雑な心と奇妙な行動は決して理解できないだろう。

7

それから数日は、日常の仕事をこなすうち平穏に過ぎていった。嘘《うそ》の発覚が近づいているという不安を忘れることさえできたら、ロウィーナにとって楽しい日々だっただろう。

ある夜ラヴィニアと二人でいたとき、彼女が無邪気に言った。「最近のフォレストは驚くほど感じがいいわね。まるで昔に戻ったみたい」

「昔って、いつです？」ロウィーナはきいた。

「ジャンと別れる前よ」

「ジャン？　それは誰――いえ、おききしてはいけないことかもしれませんね」

「あら、別に秘密でもなんでもないわ。ジャンはフォレストが婚約した相手よ。見た目だけが取り柄の強欲な娘で、私たちはみんな心配したの。フォレストはとても若くて、夢見がちで、傷つきやすかったから。やがては彼もジャンの正体に気づくことになると、みんな思っていたわ。誰だって一、二時間は愛想よく明るくふるまえるけど、結婚したら一日二十四時間ずっと一緒にいるし、うまくいかないこともある。牧場では特にそうよ。でも幻滅するまでに長い時間はかからなかった。婚約中に二人はダンスに行き、フォレストが茂みの陰でたばこを吸っていると、ジャンが友達に話す声が聞こえたの。〝ええ、そう。本当に大金持ちなのよ。さもなきゃ、私が辺《へん》鄙《ぴ》な田舎に引っ込むわけないでしょう？　そもそも羊牧場の嫁なんて私の柄じゃないもの！〟」

ロウィーナは唖然《あぜん》とした。彼は私と同じ経験をしたんだわ。なんという皮肉かしら。十分な所得があることをわざわざ苦労して隠し、コンパニオン兼料理人の給料でつつましく暮らしているけれど、もし本当の私でいたら、対等の立場で、偏見も誤解もなしに、フォレストと出会えたのに。

今さらすべてを打ち明けても、嘘つきの策略家だと思われるのが落ちよ。そこに共感の絆《きずな》は生まれないわ。たとえ生まれたとしても、それがなんになるの？　一家はヘレン・デューモアが間もなくこの美しい屋敷の女主人になると考えているらしい。コリンの妻としてその地位につくはずだったヘレンが、弟のフォレストにフィアンセの面影を見出《みいだ》すと。

日曜日の夜、フォレストは読んでいた本から目を上げてベランダを見た。「ラヴィニア叔母さん、ずいぶん長く外にいますね。月見ですか？」

「月じゃないわ。海にうっとりしてるのよ。ちょうどいい風向きだから潮の香りがするの。あなたも出てらっしゃいな、フォレスト。ロウィーナもね」

彼は立ち上がりながらロウィーナに言った。「これほど内陸の土地で潮の香りがするとは思えないが、叔母さんは海が恋しくなるとそう言い張るんだ」フォレストは愛情を込めて叔母の肩を抱き、律儀に鼻をひくつかせた。「確かに、におうようだ。よし、明日は休みにして三人で入り江へ行こう」彼はロウィーナを見た。「今まで仕事ばかりさせて悪かったね。〈提督の家〉の話はしたことがないと思うが。リトルトン港の小さな入り江にあるんだ。クライストチャーチの近くだよ。昔父が、知り合いの提督が亡くなったときに別荘として買ったのさ」

「まあ、すてきだわ」ロウィーナは心から言った。「この辺の山は美しいけれど、やはり海が恋しかったの。うちにいたときは、いつも海が見えて波の音が聞こえていたから」

「うち？　君は仕事で家を離れることが多いのかと思っていたが」

ロウィーナは慌ててつけ足した。「いずれにしろ、職場はたいていハンプシャー内のどこかだったから、海岸に近かったのよ」

翌日は思い出に残る休日になった。三人は朝早く出かけた。こんなに陽気で屈託のない彼を、ロウィーナは初めて見た。そして後悔に胸を締めつけられた。むしろ陰気で皮肉な面だけを見ていたかった。今や時は駆け足で破局へと向かっているのだから。

フォレストは待ちきれない様子で戸棚や冷蔵庫を開け、残り物の冷製チキンにレタスやトマト、パンやバターをバスケットに放り込んだ。「サンドイッチなんか作らなくていい。これで十分だ。あとは別荘に缶詰がたくさんある。さあ、少々波にぬれてもいい服に着替えて出発しよう」

チェックのシャツにスポーティなパンツをはき、マリンキャップを目深にかぶった彼は、いつもとまるで違う。そしてロウィーナの胸をときめかせた。

「二人とも僕の横に座れるよ。ロウィーナ、先に乗って。それから、ラヴィニア叔母さんだ」

今朝のラヴィニアはフリルだらけの女らしいドレス姿ではないが、それでも海よりはホテルのラウンジ向きの服装だ。ロウィーナがそう言うと、フォレストはにやりと笑った。

「叔母さんは船の暮らしが長かったから、何があろうと完璧な身なりでいるコツを心得ているのさ。たとえ船酔いしても正装でディナーの席に現れるよ」

ロウィーナは、ラヴィニアが甥《おい》にからかわれて楽しんでいるのを感じた。彼女は、男性のお世辞や船上の和気あいあいの社交生活に慣れている。この二人は、両親を失った子供たちとタウファイ牧場のために、そうした生活をあきらめたのだ。自分が二人の助けになれてよかったと、ロウィーナは思った。

ああ……でも残念ながら、もうすぐ私は二人の信頼を失うわ。すべてはジェフリーに傷つけられ、ばかげた計画を進めたせいよ。もうジェフリーのことなど気にかけてもいないのに。今隣にいる大柄な引き締まった男性に比べたら、色あせて見えるのに。

「まずクライストチャーチへ行き、それから丘を登って〈タカヘ〉か〈キーウィ〉に寄ろう。珍しい鳥の名前がついたハイカーの休憩所だよ」

そのとき、ラヴィニアが言った。「まあ、大変！　今日は二十九日じゃない？　そう、今日だったわ」

「何が今日なんです？」甥が辛抱強くきいた。

「歯医者へ行く日よ」

「確かですか？」

「ここに予約カードがあったはずよ」ラヴィニアはハンドバッグの中身を引っかきまわして捜している。

「もし入っていたとしても見つかりっこないな。歯医者に電話してキャンセルすればいいでしょう」

「いいえ、それはだめ。前回は水曜日に行ったら予約は火曜日だったの。その前は予約をすっかり忘れてすっぽかしたし。キャンセルしたらドクターがつむじを曲げるわ。町で降ろしてちょうだい。海は二人で楽しんできて。四時半に迎えに来てね」

ロウィーナは横目でラヴィニアを見た。海へ行けなくなってがっかりしているようには見えない。しかも、わざと何げないふうを装っている感じだ。

「私が電話して確かめます。もし予約が来週の月曜日だったら残念すぎますから」ロウィーナは言った。

「あら、それなら自分で電話するわ。あなたがしたら、私はぼけたのかと思われるもの」ラヴィニアはいつになく不機嫌な声で言い返した。

「僕がするよ」フォレストは面白がっているような声で言い、郵便局の前で車を停《と》めた。ほどなく彼は笑顔で戻ってきた。「今回だけは、ラヴィニア叔母さんの記憶が正しかった。十一時十五分の予約でしたよ。どこで降りますか？」叔母を降ろしてから彼は言った。「叔母さんが仲人役を務めようとしていると思ったんだろう？」

「ええ。叔母さんに伝えておいたほうがよさそうね。私たちは二人とも恋愛に関心はないと」

すると彼は例の皮肉っぽい口調に戻ってきいた。

「僕も、関心がないと言ったっけ？」

ロウィーナは鼓動が速まるのを感じたが、冷静に答えた。「はっきりそうとは聞いてないけど、あれこれ考え合わせれば、そういうことでしょう？」

「さあ、どうかな」フォレストはのんびりと言った。

ロウィーナはその先を聞きたくてたまらなかったが、彼に興味津々だと思われたくなかった。だから当たり障りのない話題を持ち出し、〈タカへ〉に着くまでひたすらしゃべり続けた。

小高い丘の中腹にある重厚な石造りの休憩所は、内装も豪華で、まるでイギリスの領主の館さながらだった。暖炉脇のテーブル席でコーヒーとスコーンを楽しんでから、また丘の道を走り始めたとき、ロウィーナはこの休日を甘美な思い出として記憶にとどめようと決めた。

　やがて車は小さな入り江に着いた。丘の斜面に、低木に囲まれた別荘が三軒あるだけだ。

〈提督の家〉は質素で飾り気のない平屋建てだったが、屋根に小塔のような古風で趣のある見晴らし台がついている。外階段から上る見晴らし台に立つと、湾を一望できた。備えつけの精巧な望遠鏡や航海用計器は、すべて亡くなった提督のものだそうだ。

「もう下りようか、ロウィーナ。昼食前にモーターボートで海に出たい。午後は日陰になってしまう」

　ボートの舵《かじ》を取るフォレストを、ロウィーナはこっそりと眺めた。くつろいだ優雅な姿は、タウファイで見る彼とどこか違う。いつもの張りつめた厳しさは影を潜め、ここでは肩の荷をすべて下ろしているようだ。これが本来のフォレストなのだろう。

「学校の休みに、またみんなで来よう。子供たちはここが大好きなんだ。トニーは将来海軍に入る予定だ。牧場を経営したがるのではと期待したんだがね。牧場も好きだが、海に出ないと満足できないらしい。だから今、なんの責任もない身軽なうちに、可能性に賭けたほうがいいと思った。人生はやがて僕たちに追いつき、覆いかぶさってくるものだから……。五月の休暇には湾を出て南太平洋をアカロアまで行こう。南極大陸を間近に感じられるすばらしいクルージングだよ。行きたいかい、ロウィーナ？」

「ええ、ぜひ。ミスター・ビーチントン」

「ところで、家事手伝いの女性をもう一人雇うことにしたよ。君は働きすぎだ。スタッフが増えれば、君も今日みたいな休日が増える。もっと自由時間が欲しいだろう、ロウィーナ？」フォレストは手を差し伸べて彼女を引き寄せた。

　顔に注がれる彼の視線を強く意識しながら、ロウィーナはうなずいた。「ええ……でもタウファイはとても美しいので離れたいとは思いませんけど、ミスター・ビーチントン」

「フォレストと呼ぶはずじゃなかったかな？　出会った日に僕が言ったことは全部忘れてくれ。女性はみんな野心を抱いているとは、もう思っていない。君という人がよくわかってきたからね」

彼の温かなまなざしを受け止める勇気はなかった。やっと信頼してもらえたのに。苦い思いが込み上げ、彼女は心の中で言った。その信頼は長く続かないわ、最愛の人《ダーリン》。そう、本当はダーリンと呼びたかった。

ロウィーナは焦った。こんな会話を続けるわけにはいかない。信頼が大きいほど幻滅も大きいだろう。何か二人の感情とは別の話題を探さなければ。

「ヘレン・デューモアはいつ帰ってくるの？」

「休暇の最後の週だ。ニコラスも喜ぶよ。彼は家政婦運が悪くてね。妹に家事を任せたいだろう」

「彼は結婚していないの？」

「ああ。恋人が大人になるのを待っているところだ。ニコラスを見ていると、僕も柄にもなく愛を信じられる気がしてくる。まるで中世の騎士物語さ」彼は笑った。「若い娘のほうも彼をあがめている。幼いころからずっとだ。とてもロマンチックだよ」

フォレストがロマンスを嘲らなかったのは初めてだ。でも、とにかく他人の話題を続けなくては。

「ヘレンは美人なんですって？」

「美人どころか、〝血のように赤く、雪のように白く、黒檀《こくたん》のように黒い〟白雪姫そのものさ。髪はつややかに黒く輝き、唇は何も塗らなくても赤い。目はどこまでも青く澄み、肌はイギリスの薔薇《ばら》の色だ。君よりイギリスらしい薔薇だよ、ロウィーナ」

「そうでしょうとも」ロウィーナはわざと悲しそうな声を出した。でも実のところ、親しげな口調でからかわれて胸がどきどきする。ヘレンを褒める言葉は、おざなりで心がこもっていない感じだったから。

彼女は笑って、鼻にしわを寄せた。「鼻にそばかすがあってはイギリスの薔薇に見えないわよね」

「僕の目には何に見えるか聞きたいかい？」

「聞かないほうがよさそうね。あなたは率直な物言いで有名だもの」

「昨夜《ゆうべ》、君はなかなかまどの下で夕日を眺めていた。ロウァン《ロウァン》は特に鮮やかに紅葉する木だ。赤く染まった栗《くり》色の髪……そばかすの散ったかわいい鼻……ロウィーナという名は君にぴったりだと思ったよ」

彼女は笑った。あくまでも軽く聞き流さなくては。

「女性はたいてい薔薇や菫《すみれ》や蘭《らん》にたとえられるのに、私は落葉樹というわけね」

「君の目は、この海のように深いグリーン――」

「フォレスト、もう飢え死にしそうよ。いったいいつランチを食べられるの？」

彼は笑った。「すぐだよ。戻って冷製チキンでも食べよう。それから庭の芝を刈りたい。君は花壇の雑草を抜いてくれるかい？　休暇中なのに、厚かましすぎるお願いかな？」

「喜んでやらせてもらうわ」

ロウィーナはしゃがんで雑草を抜きながら、刈り終えた芝を堆肥の山に積み重ねるフォレストを見た。すると不意に自分の問題がそれほど深刻ではない気がした。今の彼は全然恐ろしくない。きっとわかってくれるわ。この静かな入り江で花壇のハーブの香りに包まれて、打ち明ける勇気がわいてきた。〝実は、私もあなたと同じく財産目当ての異性に追いかけられていたのよ。それで、いろいろとあって。その話を聞いてくれる？〟さあ、今すぐ言うのよ。彼女は立ち上がって指についた泥を落とした。

そのとき、フォレストが言った。「急ごう。四時半に叔母さんを迎えに行かなきゃならない」

やはりあとにしようと彼女は思った。今夜、牧場のベランダで彼がたばこを吸うときにしよう。暗いほうが話しやすい。今の穏やかなフォレストなら、それほど怒らないだろう。そして問題が解決し、二人は対等の立場だと彼が知れば、今日二人の間に芽生えたこの感情は、育って花開くかもしれない……。

車は丘を上がり、また下りてクライストチャーチをめざした。別荘と反対側の急な下り斜面から雄大な平原を見下ろし、ロウィーナはため息をついた。

「なんのため息だい？」フォレストがきいた。

「満足……かしら。すてきな休日を過ごしたあと、あそこにタウファイが、帰る場所があるから」

二人の目が合った。見交わす瞳には希望と約束の光がともっている。

「ロウァン、君はタウファイが好きになってきたんだね」

〝ロウァン〟という呼びかけに先ほどの彼の賛辞を思い出して、ロウィーナはただうなずいた。

彼は口笛を吹き始めた。同じメロディを何度も吹いている。

「フォレスト、それは応接間のピアノで弾いていた曲よね。あのときは途中でやめたけど」

彼はほほ笑んだ。「あのときは、まだ完成していなかったのさ。これは僕が作った曲だ。昔はよく作曲をしていたが、もう何年もやめていた。だが最近、またやってみようかという気になってね」

車は町に入り、二人が待ち合わせ場所のデパートのラウンジに行くと、受付の女性が言った。

「ミスター・ビーチントン？　ミセス・ビーチントンからこちらをお預かりしています」

そのメモ書きには〝ほかに用事ができたので大聖堂の前で五時十五分に待っています〟とあった。

フォレストはうめいた。「いつもこうなんだ。この時間、大聖堂広場に駐車は無理だろう。車はここに置いて、歩いていこう」

ぶらぶら歩いたが、約束の三十分前には大聖堂に着いた。

「どうせ叔母さんは時間どおり来たためしがない。中を見学するかい？」彼は開いた扉を見て言った。

チャンスだわ。ロウィーナはそう思った。大聖堂の中で怒りを爆発させる人はいないだろう。それに、彼は今こんなに機嫌がいいんだもの……。

「まあ、フォレスト叔父さん！」

フォレストがロウィーナの腕を取った瞬間、陽気な声で呼びかけられ、二人は振り返った。ひと目見て、ロウィーナはそれがリンジーだとわかった。隣に立っているのが、脂ぎった安っぽいならず者のダーク・サーギソンだったから。ロウィーナは狼狽《ろうばい》し、吐き気さえしてきたが、それでもリンジーに同情を覚えた。若い娘は長身で髪は茶色、誠実な灰色の目をして、頬を染めるさまも愛らしい。ダークのような男にだまされるのは気の毒すぎる。

とはいえ、これからの数秒で私の運命が決まるのだ。ダークが何を言うかで。私のほうが先に何か言うべきかしら。だがその前に、リンジーが言った。

「フォレスト叔父さん、ダークはミス・フォザリンガムを知っているんですって。ストラスネヴン号の上で出会ったそうよ。タウファイ牧場の話をしていて、彼女の名前を出したら知ってるって」

「ほう、世間は狭いな」無頓着に言ったあと、フォレストはしばらく黙った。

フォレストを見つめていたロウィーナには〝この男が彼女の話していた画家だ〟と彼が気づいた瞬間が、はっきりとわかった。はしばみ色の目が不意に細くなり、それから驚愕《きょうがく》に見開かれたのだ。ロウィーナは強く唇を噛《か》んだ。次はどうなるの？

フォレストは短気だ。いったい何を言うかしら？それを聞いてダークはどう思うだろう？　船の上で私はかたくなに彼を避け、冷たく扱っていたのに。これはまさに悪夢だわ。

フォレストはロウィーナを見て、彼女の目に宿る狼狽とやましさを読み取った。そして唇を引き結んだ。何を言うにしろ、二人きりになってからと決めたらしい。

「フォレスト叔父さん、ちょっと二人だけで話せない？」リンジーが少し恥ずかしそうに言った。

フォレストは姪《めい》を見ると、口元をゆるめてとびきり優しい笑みを浮かべた。「なんだい、リン？　いくら欲しい？」彼はポケットに手を入れた。

「やだ、今回はお小遣いじゃないわ」リンジーは憤慨したようにポニーテールを揺らして首を振った。

この隙にとばかりにダークが話しかけてきたので、ロウィーナはリンジーの話の先を聞きそびれた。

「ロウィーナ、頼むから例の件は黙っててくれよ」

ロウィーナはダークに嫌悪の目を向けた。今は筋道立てて考えられない。だから思わず小声で言った。

「船の上でしつこく口説いてきた件なら黙ってる気はないわ」そして自分まで安っぽくなったと感じた。

フォレストとの話は終わったらしく、リンジーはうれしそうだ。たぶんダークへの態度を改めた叔父に感謝しているのだろう。彼女は腕時計を見た。

「ゆっくりしてミス・フォザリンガムとお知り合いになりたいけど、美容院の予約の時間なの。行きましょう、ダーク。じゃ、またね、皆さん《チェリオ》」

世間知らずの若い娘は、元気いっぱい笑いながら去っていき、あとにはフォレストとロウィーナが残された。ロウィーナは恐る恐る目を上げて彼と視線を合わせた。どうやらまずいことになりそうだ。

行き交う人々の手前、彼は怒りを抑えた声で言った。「そんな顔をしなくていい。あのろくでなしに誠実なつき合いは望めないとわかっていただろう？もう大聖堂へ入る気はうせたよ。今の僕は言葉も考えも聖なる建物にふさわしくない！　滑稽な話さ。しばらくの間、あらゆる女性を不信の目で見ていた。そこで君と出会い、徐々に心の防備を解き、君は正直で誠実だとほぼ信じかけた。ところがベランダでリンジーのことを相談した夜から、君はずっと隠していたんだ。姪が恋に落ちた男は、君が婚約同然だった相手だと、なぜ正直に話してくれなかった？」

ロウィーナは答えなかった。答えられなかったのだ。

「ミス・フォザリンガム、彼を損金処理しようと決めたのはいつだ？」嘲りのにじむ声で彼は続けた。

「いったいなんのこと？」

「わかっているだろう。広い海には旅する画家より上等な魚がいると知って、彼を切り捨てたんだ。決めたのはアンザックデーか？　あの日、僕は初めて君に……。いや、言わないでおこう。とにかく、この魚は網から逃げたよ！」

蒼白《そうはく》だった彼女の顔がぱっと紅潮した。「違うわ。それは誤解よ。あの日はただ、あなたが打ち解けてくれたと思って、私もそうしただけ。前にも言ったでしょう。あなたには手を出しません。お金があろうとなかろうと、私のタイプじゃないの」

はしばみ色の瞳が怒りに黒ずんだ。「では、どういうのがタイプなんだ、ミス・フォザリンガム？　リンジーと一緒にいたような色男か？　まったく！　いかにも女性がほれ込みそうなタイプだな！」

最後の言葉にロウィーナの怒りは限界を超えた。ダーク・サーギソンにほれ込んだことなどない。むしろ最も嫌悪するタイプなのに、私は愚かにも嘘を重ね、フォレストに誤解されてしまった。あまりの屈辱に、彼女は思わず震える声でやり返した。「あなたは私と違って、人を見る目があるとでも？　財産狙いのジャンにほれ込んだのに？」言ったとたん、彼女は愕然《がくぜん》とした。ああ、なんてことを！

フォレストは押し殺した声でささやいた。「僕の恋愛に口出しはやめてもらおう。僕も、今後は君の恋愛に干渉しない！」

「それで結構よ！　当然ながら、私は出ていきます。今夜、叔母様に退職願を出すわ」

「それは困る。叔母のコンパニオンとしての君は、とても信頼できる。叔母から君を取り上げたくないんだ。君と僕が顔を合わせないようにすればいい」

彼は通りを見た。「叔母さんが来たみたいだ。君に頼み事はしたくないが、僕の気持ちより、叔母さんの心穏やかな暮らしのほうが大事だ。そのために、僕らは憎み合っていないふりをしてくれないか？」

まだ心臓が早鐘を打ち、膝ががくがくしていたが、ロウィーナはなんとか声だけは落ち着きを取り戻して言った。「あら、私は分別ある人間らしく冷静にふるまえると思うわ。あなたがそうできるならね」

「お二人さん、お待たせ。楽しく過ごせたかしら？」ラヴィニアは陽気に尋ねた。

「予想をはるかに超える休日でしたよ」フォレストはあいまいに答えた。

幸いラヴィニアはよくしゃべる。〈提督の家〉をどう思ったかとロウィーナを質問攻めにしたので、帰路の車中は気まずい悪夢にならずにすんだ。

「町で偶然リンジーに会いましたよ。例の男と一緒でした」フォレストが急に言った。

「まあ、そうなの、フォレスト。それで、その男性は最初のときと同じく嫌な感じだったの？」

「同じどころか、さらに感じが悪かったですね！」

ラヴィニアはロウィーナに向き直った。「あなたはどう思ったの？　フォレストが言うほど悪い人かしら。何しろ甥は恐ろしく保守的だから」

ロウィーナは唾をのみ込んだ。「ミスター・ビーチントンのお見立てどおりだと思います」

「それなら彼は本当に下劣なろくでなしなのね！ところで、また〝ミスター〟に戻ってしまったの？あなたとフォレストがもっと打ち解けてくれれば、私たちはもっと家族らしくなれるのに」

「いえ……あの……今のは口が滑っただけです」

「何はともあれ、ロウィーナの考えは名案だわ。その男性が牧場へ来れば、どうしようもない役立たずだとはっきりわかるかもしれないもの。そうなればリンジーもたぶん気づくわ。ジョン・マクレイのほうが五倍も六倍も価値のある男性だとね」

「ジョン・マクレイというのは?」

「あら、会ったことなかった? 彼は川向こうに住んでるの。〈青年牧場主の会〉の会長よ。問題は、リンジーは彼と幼なじみで、身近すぎて新鮮な魅力がないってこと。彼はリンジーにぴったりなのに」

ラヴィニアが最初に家に入った。ロウィーナはわざとあとに残り、フォレストを見上げた。今、彼女の目にあるのはやましさではなく敵対心だ。

「私を辞めさせないと決めたのはあなたよ。私は出ていきたかった。でも、あなたの叔母様のために働き続けることにしたの。彼女の前では、あなたをフォレストと呼ばなきゃいけないみたいだけど、誤解しないでね。二人きりのときは、これからもミスター・ビーチントンと呼ばせてもらうわ」

「僕が気にかけているのは叔母の幸せだけだ。叔母を動揺させたくない。妙なことに、叔母はすっかり君を気に入ってる。ぼんやりしているようで、いつもはもっと人を見る目があるのに。専門家の話では、今年の終わりまでには、ほぼ失明するかもしれないそうだ。これから、ますます君に頼るだろう。叔母の君への信頼を壊したくない。残された目の見える数カ月をできるだけ楽しく過ごしてほしいんだよ。だから表面上は、僕たちは今までどおりふるまう。君ならできるはずだ。何しろ、たいした女優だからな。リンジーの夢中になってる相手が君の知り合いだとは、想像もしなかったよ。君にほんの少しでも品性があるなら、ひと芝居打ってくれないか?」

「ええ、叔母様のためなら」ロウィーナは彼に背を向けて家に入った。希望に満ちて始まった今日が幻滅と誤解で終わり、心は耐えがたいほど痛むけれど、ここには慣れ親しんだ仕事がある。仕事に打ち込めば泣く暇はないし、心の痛みも鈍るわ。

二日後、ニコラス・デューモアが黒い雌馬を連れて現れた。会ったことのあるロウィーナに、彼は気安く話しかけた。「ヘレンの馬を貸すよう、フォレストに頼まれたんだ。君は乗馬が得意だそうだね」

「見事な馬だわ」ロウィーナは雌馬の鼻をなでた。

「さっそく乗ってみるかい？　僕を見送りがてら、境界の柵まで行かないか？」

仕事が忙しいからとロウィーナが断ろうとしたとき、フォレストが現れた。

「僕も一緒に行くよ。ちょうどあそこの水路を調べたかったんだ」

彼に見つめられて、ロウィーナはなぜか顔が赤らむのを感じた。

8

スラックスをはいて庭仕事をしていたロウィーナは、さっとヘレンの馬にまたがった。さわやかな涼風がコットンのシャツを吹き抜け、栗《くり》色の髪を後ろへなびかせる。乗り心地のいい馬だったし、ニコラスの存在がフォレストとの緩衝材になったので、彼女は大いに乗馬を楽しんだ。境界の柵に着いたら、フォレストが水路を調べている間に、庭仕事があるからと一人で先に帰ればいいわ。

ところが、そうはいかなかった。ニコラスがフォレストの調査につき合ったので、彼と別れの挨拶をしたあとは、フォレストと一緒に帰るしかなかった。

手伝おうとするフォレストを断って、彼女はまたさっと鞍《くら》にまたがった。「自分で乗れます、ミスター・ビーチントン。それに、ここまでついてこなくてもよかったのに。ビーチーが見ていないときは、仲のいいふりをする必要はないでしょう」

「僕が邪魔だったのは、十分感じていたよ」

その意味ありげな口調に、ロウィーナは鋭く彼を見た。「どういう意味かしら」

「本当にわからないのか？」はしばみ色の目がさげすむように彼女の目をのぞき込んだ。「ダークに失望した今、君はもうほかの男性に関心がないとは言えない。だから僕はペニーのために、君とニコラスの状況を確認しておく必要があるのさ」

ロウィーナは途方に暮れてフォレストを見つめた。ペニーのためって……彼はニコラスのことで何か言っていたわ。たしか、恋人が大人になるのを待っていると……。「それじゃあ、ペニーが彼の恋人？」

フォレストはうなずいた。

ロウィーナは怒りが込み上げるのを感じた。もう我慢ならないわ。ニコラスは親切心から馬の試乗を勧めてくれただけなのに、私が彼を狙っていると暗に非難するなんて。彼女は馬の向きを変え、かかとで馬の腹を強く押すと、雨不足で固く乾いた放牧地を駆け抜け、柵や水路や生け垣を無謀な奔放さで飛び越えていった。それでも最後の柵を越えたとき、フォレストは隣にいた。

二人は厩舎《きゅうしゃ》に近い放牧場に馬を入れた。

「これで君の怒りも多少は収まっただろう。だが子供たちが帰省したらこういう無茶はやめてくれ。まねしたがったら困る」彼はこわばった声で言った。

ロウィーナは子供たちの帰省が怖かった。家族の輪に勝手に入り込んだ他人は、うとまれるかもしれない。特にリンジーは、両親の部屋が他人に与えられたことに不満を抱くのでは？　しかし間もなく、リンジーは恋の魔法にかかっていて、ほかのことはいっさい気にならないのだとわかった。

リンジーの澄んだ灰色の瞳の奥には、見間違いようのない熱い炎が燃えている。女性なら誰でも、ひと目でそれがなんの兆候か読み取れるだろう。

十七歳の双子――ペニーとトニーは陽気で感じがよかった。

ある日、ロウィーナがベランダの手すりにもたれているとフォレストがやってきた。二人の間に漂うとげとげしい雰囲気を忘れて、彼女はふと言った。

「ペニーは不思議なくらい大人ね？」

「君も気づいたかい？　それならニコラスとのことも、もう奇妙だとは思わないだろう？」

「ええ、とてもお似合いだと思うわ。物語のようにロマンチックな二人の関係がうまくいくといいけど。ペニーはニコラスとの結婚を前提に人生の計画を立ててたんでしょう？　だから家政科の授業を取って、家庭の管理法を学んでるのね。二人はいつ……？」

「ニコラスは彼女が二十歳になるまで結婚しない気だ。外に出て、ほかの男たちとも知り合うべきだと言うのさ。ペニーは十八歳で結婚したがってる。僕は許可するつもりだが、ニコラスが承知しない」

「少し待ったほうがいいかもしれないわ。義姉《あね》が上手に切り盛りしていた家庭の奥様になるのは簡単じゃないもの。ましてや、まだ十八歳の花嫁ではよけいに難しいわ。ヘレンにとっても、女主人の地位を明け渡すのは容易ではないと思うし」

「それは問題ない」フォレストはパイプを叩《たた》いて灰を落とした。「ペニーが十八歳になる前に、ヘレンは自分自身の家庭を築くはずなんだ」

家庭を築く……タウファイで？　ロウィーナはっと息をのみ、そんな自分の反応にいらだった。

「リンジーの話では、サーギソンが金曜日に来るらしい」フォレストは不意に言った。「火曜日までしかいられないそうだが。おそらく田舎の滞在は、それ以上我慢できないんだろう。彼が来たら、君はどう感じる？」彼は何げない口調できいた。

ロウィーナは皮肉っぽい笑みを浮かべた。「本当は、どうふるまうかをききたいんでしょう？ご心配なく。リンジーは私を恐れる必要はないわ」

「リンジーと一緒にいる彼を見るのは、つらいだろうね」それはさも満足そうな口ぶりだった。「君のほうから別れの手紙を書いたのか？町で会ったとき、あいつが君に黙っててくれと頼むのが聞こえたぞ！」フォレストは軽蔑を込めて鼻を鳴らした。

もう彼に嘘《うそ》は言いたくない。だからロウィーナは逃げを打った。「あの日、大聖堂の前で決めたはずよ。お互いのプライバシーには関わらないと」

「ああ、決めた。だが――」彼は急に口をつぐんだ。

〝だが何？はっきり言って！〟ロウィーナはそう叫びたい衝動に駆られた。たとえ私を傷つける言葉でも、ここ数日二人が交わす侮蔑の視線よりはましだ。だが勇気が出なくて代わりに言った。「厄介な問題よね？彼はリンジーには年上すぎるわ」

「希望的観測だな、ミス・フォザリンガム。彼を取り戻したいのか？」フォレストは硬い声できいた。

「そんな意味じゃないわ」彼女も硬い声で答えた。

「では、どういう意味なんだ？」

「文字どおり、彼は年上すぎるという意味よ」

はしばみ色の目がからかうようにきらめいた。

「君は、いくつだい？」

「二十三歳よ」

「なるほど。リンジーと三歳しか違わないわけか」

「その三年間で、人は多くのことを経験するのよ。二十歳の心は、そして恋も、痛ましいくらい傷つきやすい……いいえ、あれは本当の恋ではないけど。恋に恋してるだけだわ」そう言ったとたん、ロウィーナは後悔した。彼はいつも私の言葉を悪く取る。リンジーの恋は本物ではないと私が思いたがっている。

きっとそう受け取るだろう。

ところが、フォレストは好奇心に駆られたように尋ねた。「二十歳の君も傷つきやすかったのか？」

「ええ。そして、こと男性に関しては、とても愚かで疑いを知らなかったわ」

彼が黙ったままなので、ロウィーナは顔を上げた。二人の目が合ったとき、彼の瞳からは不信の色が消えていた。大聖堂の前でダークとリンジーに出会って以来初めてだ。それとも、気のせいかしら。

「つまり……君の……ふるまいには、それなりの理由があったということかい？」

一瞬、ロウィーナはすべてを打ち明けようかと思った。でもそのとき、嘲りに満ちた彼の声がよみがえってきた。〝広い海には旅する画家より上等な魚がいると知って……〟いいえ、無理だわ。私にはプライドがありすぎる。彼を狙っていると思われたくない。それに、この複雑な事態の裏にある真実を彼が信じてくれる可能性が、どれほどあるというの？

彼女はかたくなに繰り返した。「お互いのプライバシーには関わらないと決めたはずよ。言い訳はしたくないの。あなたの敵意や不信感には耐えられるけど、寛大に許していただくのは我慢できないわ」

フォレストは肩をすくめた。「わかった。好きにしろ。だがリンジーのことは放ってはおけない。問題は年齢差だけじゃないんだ。彼の年は、三十一歳の僕とあまり変わらないだろうが。問題は生き方だ。あいつは、あらゆることをやってきたタイプだよ」

「でもそれが、リンジーを惹《ひ》きつけるんじゃないの？　若い女性にとって、世慣れた男性はすてきに見えるわ。そんな彼が世間知らずの自分に魅力を感じている。そのことにうっとりしてしまうのよ」

「まあ、君にはよくわかるだろうさ。自分もそうだったんだからな」

ロウィーナは低い声で言った。「私を嘲るよりほかにすることがないなら、消えてちょうだい。私は、もしできるなら、リンジーがこの苦境から抜け出せるように喜んで手を貸すつもりよ。決して私利私欲のためじゃないの。でも、私の言うことすることすべてが自分の利益のためだと疑われていたら、あなたもリンジーも助けることはできないわ」

フォレストは不審げに口をすぼめた。「サーギソンのことは、もうなんとも思っていないと言うのか？　一時的にのぼせ上がっただけだと？」

「彼のことはなんとも思っていないわ。そして、もし私にできるなら、リンジーを彼から引き離すようにするわ。今、言えるのはそれだけよ」

「わかった。君は失恋を乗り越えたと信じよう。ただし、以前のように君を信頼することはできない。まず、なぜ彼のことを黙っていたのかわからないんだ。まあ、何はともあれ、子供たちにはできるだけ楽しい休暇を過ごさせてやろう」フォレストは言った。

じゃがいもの収穫を除けば、農作業は忙しい時期ではなかった。一家はときにランドローバーで、たいていは馬で峡谷へ出かけ、ピクニックを楽しんだ。昼食はバーベキューをして、大きな空き缶で沸かした湯で紅茶をいれて飲み、初冬とは思えないほど明るく暖かな日差しの下に座ってくつろいだ。

フォレストとの同席は気が進まないと本人に思い知らせたくて、ロウィーナは仕事を理由に外出を断ろうとしたが、子供たちが承知しなかった。〝ロウィーナ、家事ならあとで手伝うわ。あなたが来ないとつまらないもの〟と誘うのだ。そんなとき、フォレストは暗く皮肉っぽい目で彼女を見ていた。君は家族全員をとりこにしたが、僕だけは策士の素顔を知っているぞ、とでも言うように。

ロウィーナはダークが訪れる日を恐れていたが、同じ日をリンジーは心待ちにしていた。その前夜、リンジーは彼の泊まる部屋を整え、小声で歌を歌いながら家じゅうを忙しそうに駆けまわった。

ロウィーナはフォレストに助言した。「リンジーが早くダークに幻滅するように、と口出ししないほうがいいと思うの。自然に任せておけば、彼とはなんの共通点もないことにリンジーもすぐ気づくかもしれないわ。彼は、ここでは見栄えがしないもの。でも下手に干渉すると、あの子の反感を買うだけよ。たとえば、私と彼の……ことをほのめかすとか」

「君たちがロマンチックな関係だったことをか？」

ロウィーナは息をのんだ。ぞっとする誤解だわ！

「ええ。そんな話をしたら、リンジーはかえってダークに惹きつけられてしまう。今の彼女は必ず彼に味方するはずよ。それでは、せっかく――」

「せっかくリンジーに好かれた君としては、自分の醜い正体を隠しておきたいわけだ」

「違います。あなたのせいでダークに幻滅することになったら、リンジーはあなたを逆恨みして、せっかく良好な叔父と姪《めい》の関係が損なわれる。そう言いたかったの。私はずっとここにいるわけじゃないわ。いなくなれば、すぐ忘れられる存在よ」

「それじゃあ、僕がペニーをえこひいきしてリンジーに厳しすぎる冷淡な叔父ではないと、進んで認めるのか？」フォレストは驚いたように見える。

「明らかな真実は、いつだって進んで認めるわ」

「だが心を開いて真実を話そうとはしない。そうだろう、ロウィーナ・フォザリンガム？」

「あなたがいい叔父だと認めたじゃない。それで十分でしょう、ミスター・ビーチントン？」

「いい叔父どころか、つい甘やかしすぎることが悩みの種なんだ。あの子にダレルと同じ目ですがられたら、拒絶するのは難しい」フォレストはため息をつき、背を向けてキッチンから出ていった。

彼の声には苦悩がにじんでいた。ロウィーナはあとを追って肩に手をかけ、無言で慰めたかった。でも、できない。二人の間には橋もかけられないほど大きな隔たり――不信と疑いと嘘があるから。

ダークの訪問は予想外の結果となった。一つには、彼はかなり乗馬が得意だったのだ。さらには、画家としてタウファイの美しさに魅せられたらしく、屋敷や庭や山を飽きることなくスケッチし続けている。そんな姿に、フォレストたちは少し警戒を解いた。

ダークと顔を合わせないほうが危険が少ないと踏んだロウィーナは、フォレストに言った。「遠乗りには、あまりつき合わないことにするわ。泊まり客がいると、家事が増えるのよ」

「いや、行ってもらいたい。僕も仕事があるから、いつも同行できるわけじゃない。それにダークは信用できない。思ったよりうまくこの環境に溶け込んでいるが、あれはカメレオンみたいな適応術だ。まわりに合わせて自分の色を変えるのさ。どこか不安そうな、自信のなさそうな様子が見える。過去に何か隠しておきたい秘密があるのかもしれない。僕が好きなのは、正直で率直なタイプだ」

最後の言葉に痛いところを突かれたが、ロウィーナは無視して話題を変えた。「あなたに嫌われてるなんて、彼は気づいていないと思うわ。あなたは愛想のいい主人役をとてもうまく演じているもの」

「君もこの状況によく耐えているじゃないか。リンジーにも彼にも嫌な顔一つ見せない。正直、感心するよ。反面、ダークは実に卑劣なろくでなしだな。一度は婚約寸前まで行った君を完全に無視するとは。リンジーのほうが上等な魚だと考えたんだろうな。ストラスネヴン号のように贅沢《ぜいたく》な大型定期船に乗っていたから、君を裕福だと思ったのかもしれない」

ロウィーナはダークを嫌悪していたが、これはあまりに不当な誤解だ。彼はフォレストが考えているほど下劣ではないはずよ。彼女は必死で言い張った。

「でも、そのことで彼を責めるのは間違いだわ。むしろ私の責任なの。たぶん私が勝手に、彼の気持ちを実際以上に真剣だと思い込んだのよ」

「まったく、君という人がさっぱりわからないよ。あるときはフェアで率直に見える。だが別のときは陰険な策士に見える。どちらか一方に統一してくれないか。時折、心ならずも君を信頼しそうになるんだ」フォレストは背を向けて去っていった。

彼の言葉でロウィーナの心は少し軽くなった。そして二度とフォレストの疑いや不信を招かないよう、引き続きできるだけダークを避けて過ごした。

ところが残念なことに、ある日のお茶の時間、彼女が一人でキッチンにいるとダークが現れた。

ロウィーナは簡素な灰色のウールのワンピースを着ていた。スカートの部分はギャザーがたっぷり取られて大きく広がり、白い襟とカフスがついている。乾燥させたハーブを指でもんで粉にし、小袋に詰める作業をしているところだったので、彼女は顔を上げてダークを見た。

「動かないで。僕が戻るまでそのままでいるんだ」

ロウィーナはとまどったが、形のいい眉の間にかすかなしわを寄せ、言われたとおり待っていた。

ダークはスケッチブックと鉛筆を持って戻ってくると、すばやく彼女をスケッチし始めた。「船の上では、君がこれほどすばらしい題材だとは気づかなかったよ。船上の君は、たくさんいた美人の一人にすぎなかった。でも、ここで仕事をしている君は水を得た魚のようだ。昔の大邸宅で食料貯蔵室に座る女主人さながらだよ。そのドレスも十九世紀初頭を思わせる。ぜひ絵のモデルになってくれ。髪をもう少し広げたほうがいいな」彼は波打つ栗色の髪に両手を差し入れ、ふわふわと広げた。

ダークは彼女個人ではなく、あくまでも絵の題材に関心があるのだ、とロウィーナはわかっていた。だが彼の肩越しにフォレストと目が合ったとき、はしばみ色の瞳は黒ずんでいた。

彼女は慌てて言った。「ダーク、今は絵のモデルになれないわ。もうお茶の時間なの。そのあとも仕事が目白押しよ。絵はさっきのスケッチをもとに町へ戻ってから描いたらどうかしら」

ダークはふんと鼻を鳴らした。「冗談だろう! 芸術を理解しない実利主義者のたわごとだ。もちろん、ここで描くよ」

「でもモデルをする暇はないの。私はミスター・ビーチントンからお給金をいただく身よ。見合う働きをしないと」ロウィーナは弱々しく言い返した。

「いや、僕に芸術とやらの邪魔はできない」フォレストはダークが振り返るほどきっぱりした口調で言った。「もちろん、モデルをする時間をあげよう。ただし、リンジーは快く思わないかもしれないが」

「私が何を快く思わないの?」

背後で姪の若々しい声がして、今度はフォレストが驚いて飛び上がった。だが彼の次の言葉は、ロウィーナの耳には勝ち誇っているように聞こえた。ダークは浮気者だと教えるのがうれしいのだろう。

「ダークはぜひともロウィーナを描きたいそうだ」

「それで、なぜ私が気を悪くするの、フォレスト叔父さん? 私はもう描いてもらったわ」彼女は少し恨めしげにくすくす笑った。「絵の私は無垢《むく》な天使そのものよ。まるで、赤ん坊はすぐりの木の下に落ちているものだと信じてる少女みたいなの」

リンジーを見るダークの視線に気づいて、ロウィーナは不安を覚えた。二十歳の若者は無垢とか無知とか思われるのを嫌がる。知識も経験もある大人だと思われたいばかりに、リンジーはダークにどこまで許したのだろうか? 欲望を宿したダークの目は、若い娘を値踏みするように眺めている。

「さて、絵をどうするにしろ、まずはお茶の用意をしなきゃ」ロウィーナはきびきびと言った。そしてお茶の時間のあと、フォレストと二人きりで廊下で話をした。「ダークの絵のモデルにはなりたくなかったのに。あなたが気をきかして時間がないと言えばよかったのよ。リンジーは気にも留めなかったから、まったくの無駄骨だし」

フォレストはいらだたしげに彼女を見た。「望ましくないことはすべて人のせいにするんだな。ダークは信用できないが、絵が描けるのは確かだ。それも不可解な現代画ではなく、本物のいい絵を描く。だから描いてもらえばいい。少なくとも君を描いている間はリンジーを口説けないさ」

ダークはロウィーナの絵に熱中して滞在を二日間延ばし、木曜日の夜に帰った。高校生の双子は先に学校へ戻ったが、リンジーはもう一週間休みが残っている。ジョン・マクレイがあの手この手で誘いに来た。でも彼女は外出しようとはしなかった。

ロウィーナはジョンが気に入った。砂色の髪にブルーの目をした肩幅の広い青年だ。ある日ロウィーナはリンジーに、彼の体格は見事だと言ってみた。

リンジーは肩をすくめた。「ええ、そうね。でも彼は単純明快すぎるわ。それにちょっとぐずよ。すごく退屈だし」

「退屈には見えないわ」ロウィーナはやんわり言い返した。「内に秘めた炎を感じるの。いざというとき力量を発揮するタイプね。女性にもてるはずよ」

「ジョンが？　あのジョン・マクレイが？」リンジーの驚きようは滑稽なほどだった。

ロウィーナは笑った。「ええ、あのジョンよ。あなたは彼とのつき合いが長すぎて、本物の彼が見えないのよ。彼がほかの女性の目にどう映るかもわからない。見慣れすぎて新鮮な目で見られないのね」

リンジーはうつむいてパセリを刻んでいる。頬が赤いのは前かがみの姿勢のせいだろう。この子は本当に愛らしい。ダークのような男に汚されるには無邪気で愛らしすぎる。

リンジーが顔を上げた。「ねえ、ロウィーナ。昨《ゆう》夜《べ》、フォレスト叔父さんが何を約束してくれたと思う？　女王誕生日の夜、ここで昔風の舞踏会を開くんですって。女王誕生日は六月最初の月曜日よ。その日は祝日だから、私たちは全員週末に帰省するの。閉めていた舞踏室を開けるそうよ。あそこを最後に使ったのはパパとママが亡くなる前、大みそかのダンスのときだったわ」リンジーの声が少し震えた。「きっとあなたのご両親は、時々その部屋を使ってみんなが楽しむことを望まれたと思うわ。舞踏会用のドレスは新調するのかしら、リンジー？」

「ええ、叔父さんが買ってくれるそうなの。私が大人びたセクシーなドレスを選ばなければね！」

ロウィーナは笑った。「女性の服に関して、男性は保守的よね。大人びたセクシーな服を着たがるのは、十七歳の女の子くらいのものなのに」

「そうよ！　私は地味な黒やモスグリーンのドレスなんか着るつもりはないわ。ただ……」

「ただ、社交界にデビューする少女のような白いドレスも着たくない？」

「ああ、ロウィーナ。わかってくれると思ったわ。ドレス選びにつき合ってくれない？　ビーチーに頼んだら、フリルだらけの白いドレスかパフスリーブのピンクのドレスになっちゃう。ねえ、お願い」

「いいわ。たぶん叔父様がクライストチャーチへ行く車を貸してくれるでしょう」

「貸すとも」フォレストが言った。

「叔父さん！　そんなに大柄なのに音もなく忍び寄るんだから。いったい、いつから聞いていたの？」

フォレストは姪の肩に腕をまわした。「男性は保守的だとロウィーナが酷評したときからさ。確かに男は考えが古い。女性にはきれいに見える服を着てほしい。恐ろしくぴったりしたパンツにだぶだぶのトップス姿より、ふんわり広がるスカート姿のほうが好きだ。だが我らがミス・フォザリンガムの指導で選ぶなら、どんなドレスを買ってもいい」

「まあ、驚いた。ロウィーナは信頼絶大なのね！」リンジーは叔父の首に両腕をまわし、頬にキスをすると、笑いながら走り去った。

「ええ、私は信頼絶大よね！」ロウィーナは顔を上げ、フォレストと目を合わせて辛辣に言った。

「僕は愚かだからな」彼はそう応じて部屋を出た。

後日、ロウィーナがリンジーのために選んだドレスは《海の泡》と名づけられた有名デザイナーのオリジナル作品だった。透けて見えるほど薄い生地が優美なひだを作り、ブルー、グリーン、シルバーなど虹の色に光って、それ自体が海を思わせる。

フォレストが迎えに来たとき、ロウィーナはショッピングの成功に興奮して、つい熱弁をふるった。

その日彼は姪とロウィーナを町まで送り、自分は郊外のアディントンへ用事で出かけたのだ。リンジーは買い物のあと大学の寮へ戻っていた。

「リンジーにぴったりの色合いなの」最近彼の前では冷静によそよそしくふるまっていたことも忘れ、ロウィーナはまくしたてた。「あの子の瞳はグレーとブルーとグリーンが混じっていて、着る服やそのときの気分で色が変わるから。もし何かアクセサリーをプレゼントする気なら、パウア貝をあしらった銀のネックレスがいいと思うの。海のものだし、トルコ石よりきれいだし、個性的でこの国らしいわ。マオリ族の工芸品だもの。ドレスに合うし最高よ」

「よし、最初に目についた宝石店に入ろう」

今回だけは、彼を喜ばせることができたわ。フォレストの様子を見て、ロウィーナは思った。

ネックレスは美しく、値も張らなかった。もっとも、フォレストは店で最上の品を買ったけれど。

「人魚に似合いそうだな」磨かれて虹色に光るパウ

ア貝のブレスレットを取り上げ、彼は言った。「よし、そろいのブレスレットとイヤリングももらおう。それから、ペニーには琥珀《こはく》の何かを買おう」

ペニーは赤い花柄のドレスを着るので、ルビー色の琥珀はぴったりだ。フォレストはまた別のパウア貝のネックレスを取り上げ、堅苦しく言った。

「君には本当に世話になった。ラヴィニア叔母さんと僕から、これを受け取ってもらえないか?」

ロウィーナはかぶりを振った。「せっかくだけど。すべてはリンジーのためにしただけよ」

彼はあっさり引き下がった。礼儀として申し出ただけなのだろう。私のことは嫌いでも、一家のために尽くしていると感謝しているから。店員がネックレスを片づけると、ロウィーナはなぜか後悔に胸がうずくのを感じた。もらっておけば、やがて故郷に戻り、ビーチントン一家が私の人生から消え去ったとき、思い出の品として手元に残せたのに。


帰路の車中でフォレストはきいた。「女王誕生日の前に、もう一度町へ行ってくれないか?」

「ええ、用事があるなら。今度は何かしら?」

「ネリーにもドレスを買ってやりたいんだ。君のおかげで、ネリーは見違えるほど変わったよ。ずっと母方の大家族にこき使われてきた娘だ。一度くらいは舞踏会のシンデレラ気分を味わわせてやりたい」

「喜んで手伝うわ」ロウィーナは心から言った。でもフォレストには、こんな面を見せてほしくなかった。彼を軽蔑して非難し続けられれば、そのほうが別れがつらくなかったのに。

もし一家が望めば、タウファイ地区の住民全員が舞踏会にやってきただろう。招待状の発送が終わり、フォレストはティマルから作業員の一団を呼んで舞踏室を修繕し、曾祖父の時代に張られた最高級の床板を磨かせた。

祝日前の週末、牧場は幻想的な美に満ちていた。

凍《い》てつく寒さが続き、タウファイ山もサザンアルプスの峰々も見事に雪化粧して陽光にきらめいている。

金曜日の夜、フォレストはクライストチャーチへ行って双子とリンジーを屋敷へ連れ帰った。

「今夜は早く寝なさい」巨大な暖炉に赤々と火の燃える正餐《せいさん》室で、彼は子供たちに言った。

「なぜ今夜早寝するの？　舞踏会は月曜日よ」ペニーがきいた。

「アイダ湖の氷がスケートに絶好のコンディションになっているのさ。明日は朝七時に出発だ」

「私は行きませんよ。暖炉の前で、凍える皆さんを哀れんで過ごすわ」ラヴィニアはせっせと編み物をしながら満足げに言った。

トニーは有頂天になって広い部屋で宙返りを決めた。リンジーだけが何も言わなかった。そして肩を落とし、ロウィーナと一緒に部屋を出た。

「リンジー、いったいどうしたの？」

灰色の目に涙があふれた。「ダークは舞踏会に来ないのよ。もっと心をそそる招待を受けたから。非常勤講師のグループがクイーンズタウンに招かれたらしいの。ワカティプ湖に映るリマーカブルズ山脈を描くんですって。彼にとっては絵が最優先だと理解してあげなきゃね。それはわかってるけど、いったんは私たちの招待に応じたのに」

ロウィーナはリンジーの肩に腕をまわした。「叔父様はあなたたち三人のために、この舞踏会に力を注いできたのよ。楽しんでるふりをしてあげて」

「ええ、フォレスト叔父さんをがっかりさせたりしないわ。叔父さんは一家のためにずっと頑張ってきた。楽じゃなかったはずだと最近気づいたの」

「偉いわ、リン！」五月の休暇から今日までの間にリンジーはずいぶん成長したものだ。短い期間だが成長は時間では計れない。喜びや悲しみに心が弾み沈むとき、人は急速に成長するのだ。

9

日曜日の夜、フォレストは応接間の暖炉に火を入れた。あまりに広いので両端に暖炉がある部屋は、ふだんほとんど使っていない。

「今夜は久しぶりにみんなで歌おう。長いことピアノのまわりに集まっていないので物足りない、とラヴィニア叔母さんに言われたんだ。音楽なら、叔母さんもまだ十分楽しめるからね」

ロウィーナは一家が歌が得意なのを初めて知った。全員がごく自然に合唱できるのだ。ラヴィニアも一緒に歌った。不思議なことに、誰も最近の曲は好みではないらしい。次々と歌われる懐かしいメロディに、ロウィーナはうっとりと聴きほれた。

歌が中休みになり、リンジーが静かに弾く古いワルツを聴いていると、フォレストが隣にやってきた。

「君は歌わないのか？　一家の輪から君を締め出すようなまねはしたくないな」

ロウィーナは彼に率直な目を向けた。ここしばらく二人は本音で話をしてこなかったわ。彼女は正直に、残念そうに打ち明けた。「歌が下手なのよ。音楽は好きで楽器も演奏するけど、声がよくないの」

フォレストは目をきらめかせ、敵意のない素直な声で言った。「君にも苦手なものがあると知ってほっとしたよ。何をやらせても恐ろしく有能で、まわりの者は引け目すら感じるくらいなんだ」

ロウィーナはフォレストを見た。あなたが本当の私を知ってさえいたら。君を愛したことはないとジェフリーに言われて、どれほど自信を失い、不安になったかわかってもらえたら！　恐ろしいことに涙が込み上げ、彼女は慌ててうつむいた。泣いてはだめ。彼の声が珍しく優しかったくらいで気を許してはだめ。互いの敵意が消えたのではと一、二度期待したけれど、いつもたちまち嘲られ辛辣な言葉を浴びせられた。彼が相手だと、私の心は薔薇《ばら》の花びらのようにもろく、傷つきやすくなる。だから私も皮肉な口調で言い返さなくては。「まあ、それほど有能だと思っていただいたとは光栄だわ。有能……だけど信頼はできない！　そうなんでしょう？」

彼は答えずに、リンジーに声をかけた。「リンジー、《ゴールウェイ湾》を弾いてくれ。みんなで歌おう」そう言い、ロウィーナから離れていった。

一家はアイルランドの歌を陽気に歌いだした。ロウィーナは、大人に無視される聞き分けのない子供になった気分だった。それでも、彼に対して弱腰になったとフォレストに思われるよりはましだ。

こんな状態で、愛する男性と反目し合ったまま、ここに住み続けるわけにはいかない。リンジーが一時的な恋心を乗り越え、大学卒業後は長女として牧場へ帰ってくることを、ロウィーナは切望していた。そうすれば、ラヴィニアの世話をしてもらえる。私はイギリスへ帰れる。今ならジェフリーに会っても心は痛まない。彼はもう結婚しているだろう。フォレストも、ここでの愚かな間違いも、すべて忘れて、私は彼なしで生きるすべを学ぶのだ。

歌が終わると、フォレストはピアノの前に座って有名な曲の一部をメドレーのように弾き始めた。ロウィーナは不意に、彼があのメロディを弾いているのに気づいた。〈提督の家〉へ行った日に、口笛で吹いていた曲だ。

「フォレスト叔父さん、それはなんという曲？　とてもすてきだわ」ペニーが言った。

「たいした曲じゃない。僕が作ったんだ。気に入ってもらえてうれしいよ」彼はほほ笑んだ。

「あら、また作曲を始めたの？」リンジーがきいた。

「しばらく前にいい詩を見つけて、それに合う曲を作ってみたんだ。あのときは……いい詩だと思った。だが今は、もうわからない」

「歌詞があるなら聴きたいわ」ペニーが言った。

フォレストは渋ったが、みんなにせがまれて心を決めたらしい。さっと鍵盤に指を走らせると、見事なバリトンで歌いだした。

〈ずっと緑が好きだった。美しい緑のものたちが。

金蓮花《きんれんか》の丸く平たい葉の淡い緑。

山に住むおうむの羽のくすんだ緑。

春の野に芽吹いた牧草の柔らかな緑。

潮も流れない静かな海の底の深い緑。

冬の日差しに映える青りんごのつややかな緑〉

その美しい情景と言葉に魅せられて、ロウィーナはきちんと座ったまま、ただ歌い手を見つめた。ところが詩の最後は思ってもみないものだった。

〈ずっと緑が好きだった。だが……

笑う君の瞳にきらめく緑は何よりすばらしい。

見るたびに僕を驚かせ、心をかき乱す〉

歌い終えたフォレストの目が、明らかな嘲りの色を浮かべて彼女の目をのぞき込んだ。もう一度歌ってと子供たちにせがまれ、彼は言った。

「いや、二度も歌う価値はない。この曲を作ったときは女々しい気分だったのさ。あんな気分は忘れたほうがいい。どうせ長続きしないから」

「そんな!」ペニーはショックを受けた様子だ。

「大丈夫だよ、ペニー。君の愛は続く。だがそういう愛に出会える人は、ごくまれなんだ」

ロウィーナは黙って部屋を出た。たとえ凍えるほど寒くても、外に出て一人で泣ける場所を探したい。でも、できないわ。泣いたりして、彼にいい気味だと思われたくない。〝悔しいだろう。逃した魚は大きいぞ〟と言われたも同然なのだから。

翌日の夜、由緒ある屋敷は往年の輝きを取り戻した。きっと昔の舞踏会の夜、人々は不便な交通手段に苦労しながらも集まり、踊り、話し、祖国の近況を伝え合い、戯れの恋も多少は楽しんだのだろう。

「みんなで一緒に行きましょうよ」リンジーが言った。《海の泡》のドレス姿が息をのむほど美しい。

年を経た優雅な階段を三人の娘は一緒に下りていった。下ではフォレストとラヴィニアが待っている。

虹色のドレスを着てパウア貝のネックレスをつけたリンジーと、鮮やかな赤い花柄のドレスに琥珀《こはく》のネックレスをつけたペニーに挟まれて、ロウィーナはまるで三人姉妹の長女のようだ。彼女自身は黄色のタフタドレスを着ていた。生地全体にブリリアントカットのエメラルドが縫い込まれている。つややかな栗《くり》色の髪は首から肩のあたりでゆるくカールし、なめらかな喉元にネックレスの石が光っていた。

ネックレスをつけるかどうか土壇場で迷ったが、誘惑に負けてしまった。これをつけるのは本当に久しぶりだ。たぶん、ここでは誰もその価値に気づかないだろう。あまりに見事な細工なので、安い材料で作ったイミテーションと思われるはずだ。

ラヴィニアはとてもうれしそうだ。「ああ、フォレスト、あの三人を見てごらんなさい。まるで昔に戻ったみたいじゃない？」

フォレストは階段の三人から叔母に目を移した。

「叔母さんも、とてもきれいですよ」

確かにきれいだった。よく似合う淡いライラック色のドレスにパールのネックレスをつけ、手には繊細な彩色を施した駝鳥《だちょう》の羽根の扇を持っている。白髪は高く結い上げ、パールのくしを挿していた。

舞踏室で、ロウィーナは牧童のジョックと踊りながら、新入りのメイドのヘザーと踊るフォレストを横目で見た。彼は昔を思い出しているかしら。亡くなった家族――コリンやリンダやダレル、そして両親を懐かしんでいるの？　それとも、ニュージーランドの岸へ近づく船上のヘレンを思っているの？

リンジーは何度もジョン・マクレイと踊っていた。もう落胆を引きずっているようには見えない。ロウィーナはほほ笑んだ。二十歳の若者はお祭り騒ぎに弱い。バイオリンやアコーディオンの陽気な調べに、ダークの星は輝きを失っていくのだろうか。

十一時を過ぎてやっと、フォレストはロウィーナをダンスに誘った。曲目はワルツだ。

「嫌いな相手をわざわざ誘わなくていいのよ。若い女性は、ほかにいくらでもいる――」言い終わる前に、彼女は踊りの輪の中に連れ出されていた。

「ばかなことを言うな。僕たちが踊らなかったら、家族に妙だと思われる。ラヴィニア叔母さんに叱られるよ！　それに、ほかのすべてのこと同様、君がダンスも得意なのか知りたい。ああ、歌は別だが」少し踊ると彼は言った。「やはり得意だったね」

「あなたもお上手だわ」彼女は礼儀正しく応じた。

「水兵はたいてい上手さ」彼は無頓着に答えた。

彼はまだ自分を水兵と考えているのかしら。二度と海軍へ戻ることはなさそうなのに。ロウィーナは彼への称賛――あるいは同情――に胸を揺さぶられた。牧場は管理人に任せて運営できるかもしれない。だがビーチントン家の当主が指揮しないタウファイはタウファイではない。だから何？　気を引き締めなくては。彼に優しい思いを抱いたら傷つくだけよ。今は……ただ彼の腕に抱かれる喜びに浸ろう。

音楽が終わると、フォレストは彼女をベランダへ引っ張っていった。月に照らされて銀色に光る放牧地の向こうに、雪を頂いたタウファイ山が、遠くに高く冷たくそびえている。ロウィーナは身震いした。

フォレストは彼女のネックレスの下に指を差し入れ、垂れ下がった宝石を持ち上げた。喉元に触れる彼の指を痛いほど感じて呼吸が速まり、心臓が早鐘を打つ。そんな反応をフォレストに悟られまいと、ロウィーナは必死だった。

「どうりで、パウア貝のネックレスを断ったわけだ」彼の声は軽蔑に満ちていた。

「どういう意味？」

「上等なネックレスをお持ちだ。そのドレスはネックレスに合わせた特注品だろう。つまり、縫いつけてある飾りも本物のエメラルドに違いない」彼は肩をすくめた。「ここは寒いな。部屋へ戻ろう。ただし、あとで僕のオフィスで話がある」

舞踏会が終わり、客が帰って家族が二階へ引き揚げてから、ロウィーナは膝をがくがくさせながらフォレストのあとをついていった。

オフィスに入ると、彼はロウィーナの前に立ち、手を差し出した。「ネックレスをはずすんだ。今夜は金庫に入れて、明日ティマルの銀行へ預ける」

ロウィーナは慎重にネックレスをはずし、無言で彼に渡した。彼は手の中のエメラルドを見下ろした。

「ほかにも貴重品を部屋に置いているのか？」

「いいえ」

「嘘《うそ》じゃないだろうな？」

「本当よ。たぶんあなたは信じないでしょうけど」

フォレストはネックレスを金庫に入れて鍵をかけた。それから、黙って立っている彼女の肩を軽くつかんだ。「ロウィーナ、どういうことなんだ？　僕の質問に嘘をつかずに答えてくれ。頼むよ」

「いいわ」

「これは君の家に伝わるエメラルドかい？」

「はい」

「今まで誰かに雇われて働いた経験があるのか？」

「いいえ」

「なるほど、そういうことか。イギリスで税制が変わり、貴族が影響を受けたのは知っている。君の家もそれに当てはまるのか？」

「はい」

「どうして話してくれなかったんだ？」

「私なりの事情があったので」

「真実を隠すほどの事情だったのか？」

「はい……そう……思っていました。でも個人的な事情なので話したくありません。嘘はつかないと約束しましたから、どうかきかないでください」

「では別の質問だ。君は贅沢《ぜいたく》な大型定期船に乗ってやってきた。なぜもっと安い船にしなかった？」

「私が所持金をはたいて賭けに出たと、豪華客船で裕福な夫を釣り上げる気だったと言いたいの？」この数週間冷静に無関心にふるまい、今も自分を抑えていたロウィーナの目が怒りに燃え始めた。

フォレストは肩をつかむ手に力を込めた。「真実を知りたいから質問しているだけだ。そして君は嘘をつかないと約束した」

ロウィーナは唇を噛《か》んだ。とにかく彼を愛してしまったことは隠し通さなくては。彼の追及を止めなくては。また冷静さを取り戻し、彼女は顔を上げてフォレストと目を合わせた。「真実をはっきり述べたら、疑わずに受け入れ、質問はやめてくれる？」

「ああ、そうしよう」

ロウィーナは深く息を吸った。「では、言うわ。裕福な夫を欲しいと思ったり、探し求めたりしたことは、今までにただの一度もありません」

思いがけないことに彼の表情が変わった。どうせ嘲りと不信の視線を浴びるだけだと思ったのに、彼の口元がほころび、はしばみ色の瞳が輝いたのだ。

「ロウィーナ。そんな目で見つめられたら、君を信じるしかないよ。まだ理解できないことは山ほどあるが……」不意に彼は少年のような満面の笑みを浮かべ、頭を下げたかと思うと唇を重ねた。

そのとき、まるで見計らったように電話が鳴った。

フォレストは頭を上げ、片手で彼女を抱いたまま受話器を取った。「もしもし？」

ロウィーナの耳にも電話の声がはっきり聞こえた。

ニコラスからだ。

「やあ、フォレスト。たった今、ヘレンから電話があった。オークランドに着いたそうだ。飛行機で帰るのでクライストチャーチ空港まで迎えに来てほしいと言われた。だが僕は明日、用事でオマルへ行かなきゃならない。君は子供たちを町へ送っていくんだろう。だから、頼むよ。それで……」

ヘレンが帰ってくる。彼が〝心から愛する人〟と歌ったヘレンが。気をつけるのよ、ロウィーナ。あなたは一度男性に心を踏みにじられたのだから。彼女は身をよじってフォレストの腕を逃れた。今のキスは彼にとってはなんの意味もない。一時の衝動に駆られただけよ。男性にはよくあることだわ。

フォレストは電話を終えて彼女を追ってきた。

ロウィーナは急いで階段を上がり、リンジーの部屋のドアを叩《たた》いた。「リン、入ってもいい?」

すると、彼はまた階段を下りていった。

翌朝は子供たちが学校へ戻るので、キッチンで早めの朝食をとった。三人は出がけにロウィーナに別れのキスをした。本当の姉にするような挨拶を、フォレストはかすかな笑みを浮かべて見ていた。

「ロウィーナ、帰りは遅くなると思う。ヘレンをマッツクピーク牧場まで送って、たぶん向こうで夕食をすませる。何か買ってくるものがあるかい?」

「いいえ、大丈夫よ。ネリーとヘザーと私は、自分たちだけでゆっくり後片づけができて助かるわ」

ロウィーナはなんだか拍子抜けして元気が出なかったが、昨夜の舞踏会で疲れただけだと自分に言い聞かせた。昨夜は愚かにも自制心を失い、感情をむき出しにした。彼との間に一瞬甘く温かな何かが芽生えたけれど、日常の雑事に埋もれてしまいそうだ。

そしてビーチントン家と長年ともに過ごしてきたヘレンが帰ってくれば、私など輝きを失う……。

次の日の朝、屋敷の裏手の放牧場へ入ってくる馬の足音を聞いたとき、ロウィーナはヘレンだろうと思った。体が緊張でこわばったが、偏見を持ってはいけないと自分に言い聞かせてベランダへ出た。

だが先にフォレストがヘレンに歩み寄り、馬から下ろしながら熱を込めて言った。「よく来たな、ヘレン。すぐ来ると思っていたよ。さあ、入って。我らがミス・フォザリンガムの偉業を見てくれ」

〝我らがミス・フォザリンガム〟まるで頼りになる秘書のような扱いだ。

フォレストは二人を気軽に紹介した。「最初からヘレンとロウィーナと呼び合うといい。これからしょっちゅう会うことになるからね」

彼の肘に手をかけたヘレンは、うんざりするくらい愛らしい。ラヴィニアの言うとおりだ。そしてフォレストの言葉も正しかった。まさに白雪姫そのものの。しかも驚くほど青い目のまわりにかすかな陰りがあり、か弱い印象を与える。フォレストのように男らしい男性にとっては、たまらなく魅力的だろう。

一方、大型コンロに向かっていたロウィーナの顔は、ほてって光っている。エプロンをはずし、鼻にパウダーをはたけばよかった、と彼女は思った。

「今回だけは正面玄関から入ってくれ」フォレストはさっとドアを開けた。

磨き上げられた羽目板張りの玄関ホールは美しかった。ロウィーナの献身によって昔の輝きを取り戻したのだ。階段の真鍮《しんちゅう》は光を放ち、カウリ材の手すりには埃《ほこり》一つない。床には見事な色合いのペルシャ絨毯《じゅうたん》。隅の暗がりも、ラヴィニアの飾った遅咲きの菊となかまどの赤い実が明るくしていた。

フォレストとラヴィニアがロウィーナをいくら褒めても、ヘレンは嫌な顔をしない。外見が美しいだけでなく、心も広く大らかな性格のようだ。

「もちろん、家のことになると彼女は僕たちを厳しく支配している」フォレストはちゃめっけたっぷりに言った。「僕がへりくだって控えめな提案をしたときも、けんもほろろに却下されたよ」

ロウィーナの緑の目がきらりと光った。「あら、タウファイ全土を支配するご主人さまがへりくだった姿など目にした記憶はありません」

ヘレンが笑った。「ロウィーナの言うとおりよ。へりくだったあなたなんて見たことがないわ」

フォレストはかぶりを振った。ヘレンが戻ってきた今はすっかり上機嫌らしい。「一家にただ一人の男として、少し威張り散らす必要があるのさ。さもないと女性陣の尻に敷かれるからね。僕はただ〝家じゅうの木製の柱や床や家具にニスを塗れば、しょっちゅう磨かなくてすむ〟と言っただけだ。ところがロウィーナの怒りはあまりにすさまじく、僕は立ち直るのに二日もかかったよ。〝何代にもわたる骨折り仕事の成果を、長年磨かれて生まれたつやと風格を、台なしにする気？〟だそうだ」

ヘレンはまた笑った。「私はロウィーナに賛成よ。ニスを塗るなんて野蛮な破壊行為だわ」

ロウィーナはヘレンを嫌いになれたらと思ったが、無理な相談だった。その後の数週間、ヘレンはいつもそばにいた。一家はマッックピーク牧場に招かれてヘレンの旅行土産を見せてもらったたし、ニコラスとヘレンは毎晩のようにタウファイへやってきた。

ロウィーナは一家三人で過ごした親密な夜を懐かしんだ。でも、そんな狭量な考えを埋め合わせようと、ことさらにヘレンに親切に接した。ヘレンはいい人なので、別に苦痛ではなかったのだ。

ある日、ロウィーナはヘレンと二人で午後のお茶を飲んでいた。フォレストとラヴィニアは出かけて留守だった。

ヘレンが言った。「ここに来てくれてうれしいわ。あなたのおかげでここは生き返った。以前は家じゅうがリンダやダレルの亡霊に取りつかれていたのよ。ビーチーの視力が落ちていくことも悩みの種だったし。ずっといてくれるでしょう？　私が――」

そこに折悪《おりあ》しくネリーが現れた。ヘレンを訪ねてマッツクピーク牧場に客が来ている、と兄から電話があったらしい。ヘレンは急いで帰っていった。

ロウィーナは窓辺に立ち、タウファイ山を見上げた。〝ずっといてくれるでしょう？　私がフォレストと結婚しても〟ヘレンはそう言おうとしたのかしら。忠実なコンパニオンがいないと、失明したラヴィニアは重荷になるから。しかもラヴィニアはヘレンを気の合う仲間とは思っていない。それを小気味よく感じる私は性格が悪いわ。彼女は自分を叱った。

舞踏会の夜以来、フォレストは愛想よくふるまっているが、少しも親しみを示さない。たぶん私に逃げられてほっとしているのだろう。明るい朝が来て冷静になり、不信感が戻ってきたのかもしれない。最近の彼女との一見穏やかな関係に感謝すべきなのだろう。ところが実際は、火花が散るほど反発し合っていたころが時々恋しく思えた。

ヘレンとお茶を飲んだ翌日、天気予報は降雪を報じた。朝食の席でロウィーナはフォレストに言った。

「昨日は暖かな北西風が吹いていたのに妙な話ね」

「このあたりでは天気の急変はよくあることだ。もっとも大雪は山の上だけで、ふもとはちらつく程度らしいが」彼はナプキンを置いて立ち上がった。「もう出かけないと。今日は忙しいんだ」

ロウィーナも忙しい一日を過ごし、午後遅くなってから小塔に上がった。そこは四角い小部屋で四方の壁に窓があり、タウファイ山がよく見える。備えつけの双眼鏡で、彼女は山を上から下へ眺めた。

そして不意にふもとの一点に目を凝らした。羊たちが移動している。変だわ。駆り集めの時期でもないのに。でも羊たちは確かに動いている。あちこちの峡谷から姿を現し、集まって一つの群れになり、列を作って山から平原へ向かって進んでいく。

最近ロウィーナはタウファイの歴史に興味を持ち、リンジーに勧められてレディ・バーカーの回顧録を読んでいた。レディ・バーカーは一八六〇年代にこのあたりに住んでいて、タウファイの舞踏会にも来たことのある女性だ。その回顧録には一八六七年の猛吹雪の話があった。吹雪の直前、彼女は山から下りてくる羊たちの長い行列を見たのだ！

ロウィーナはためらわなかった。たとえフォレストに笑われても、天気予報によれば小雪だと言われても、注意を促さなくては。彼とジョックは峡谷で水路の詰まりを掃除しているはずよ。

彼女は馬に飛び乗って走りだした。水路に着いたとき、男性二人は大きな缶で湯を沸かしていた。あまりに穏やかな光景に、ロウィーナは警告を思いとどまりかけた。遠乗りの途中で立ち寄ったふりをすればいい。二人は気にしないだろう。

ジョックがロウィーナを見て手を振った。「やあ、ちょうどお茶をいれるところだ。飲むかい？」

ロウィーナは馬を降り、三人で熱く濃い紅茶を飲んだ。それからジョックがたき火を消すために、小川へ水を汲《く》みに行った。

「フォレスト」彼女はおずおずと言った。「さっき小塔から双眼鏡で見ていたら、羊たちが移動しているのよ。立ち止まって草を食《は》むこともなく、ひたすら下っていくの。あれはどういうことかしら？　自分でもばかみたいな気がするけど、だけど、あなたに知らせるべきだと思って」

「ありがたいよ」彼は真顔で言った。「双眼鏡を持ってきてくれて助かった。ジョックにはまだ黙っておこう。おいで。もっと見晴らしのきく場所へ行くんだ」彼はロウィーナの手を取り、ジョックに呼びかけた。「ちょっと丘を登ってくる」

本当は手を取ってもらわなくても登れた。でも、たこのできた硬い大きな手にしっかり支えられていると、ロウィーナはとても気持ちが安らいだ。

二人は丘の上で、息を切らせて少し立ち止まった。フォレストは遠くから近くへ双眼鏡を動かし、彼の地所全体を眺めた。「なんてことだ！　確かに何かが迫りつつあるぞ。一八六七年ほどの規模ではないかもしれない。だが対策を取るほうが無難だ。最近は天気予報に頼りすぎる。予報は正確でも、広い地域をカバーするから大まかになりがちだ。戻って近所の牧場や農家に知らせよう。放送局にも電話する。準備に二、三時間あれば、家畜の被害をかなり減らせるだろう。行こう、ロウィーナ」

ふだんのフォレストはよく考えて慎重に行動するタイプだが、今回のすばやい行動は海軍の演習を思わせた。これは〝全員戦闘配置につけ〟と命令するような事態なのだ。その警告を一蹴する者もいたが、彼は驚くほど辛抱強く説得した。それに彼は自分の牧場は後まわしにして、地域社会を優先している。ロウィーナは彼を称賛せずにはいられなかった。

「たとえあとで物笑いの種になってもかまわないさ。まずは羊たちを安全な場所へ移動させなければ。毛刈りに使う納屋を片づけて、入るだけ入れよう。男たちに干し草の束を防風林へ運ばせて積み上げ、その陰にも追い込む。君が樫《かし》の森に放し飼いしている豚を囲いに閉じ込めてくれれば、あそこも使える。あの森はかなり雨風を防げるんだ」

屋敷では、ラヴィニアがネリーに叫んでいた。「干し草置き場にいるフォレストに伝えてちょうだい！　オタゴ地方と南部全域が吹雪に襲われて、それがこっちへ向かってるという連絡が入ったわ。相当な暴風雪が予想されるそうよ」

干し草を積み終わると、男たちは馬に乗り、犬を連れて羊たちを駆り集め、安全な場所へ誘導した。

「ありがとう、ロウィーナ。君のおかげで地区全体が吹雪の備えを二時間も早く始められた。この違いは大きいよ。さあ、お茶でも飲んで休んでくれ」フォレストは馬を止めて言った。

ロウィーナはかぶりを振った。「食料は十分あるけど、近くの町まで車で行ってイーストを買ってくるわ。もしパンの配達が二、三日とどこおるようなら、自分で焼かないと」

「パン作りの学位もあるのかい？」彼の目はおかしそうにきらめいた。だが声に嘲りの色はなかった。

フォレストたち男性陣は日が暮れても働き続け、みんなが戻ってくる直前に雪が舞い始めた。

巨大な納屋もほかの小屋も羊でいっぱいだ。防風林にもほかの森にも羊がひしめいている。

「全部は避難させられなかったでしょう？」迎えに出たロウィーナはフォレストにきいた。

「ああ、うちの規模になると不可能だ。だがこれから下りてくる羊たちは、低木の茂みに隠れられる。そこにいた連中をこっちへ移動させたからね」

二人はベランダへ向かった。ドアの隙間からもれる明かりに照らされたフォレストの顔を、ロウィーナは見上げた。みすぼらしい帽子を目深にかぶり、頬には水滴が幾筋も垂れている。でも荒削りな力強い顔は健康そのものだ。そして……私は彼を愛している。私たちに再出発の可能性はあるかしら。過去の辛辣な応酬をすべて消し去ることはできるかしら。私は望みのない夢を見ているだけなの？　彼が求めるタウファイの女主人はヘレンなの？　サファイア色の目をした、か弱い雰囲気の女らしいヘレン。妙なことに、ここで育ったにもかかわらず、ヘレンは全然アウトドア派ではないのだ。

ブーツの泥を落としながら、フォレストはロウィーナを見下ろした。彼女は泥まみれのズボンの上に古い暗緑色のコートを着ていた。コートのフードが脱げて栗色の髪に雪が積もっている。顔は頬骨が高く、形のよい小作りな鼻にそばかすが散り、緑の目の上に黄褐色の眉が弧を描いている。足元は作業ブーツで、男物の靴下をズボンの上に出していた。

彼はにやりとして彼女の肩に手を置いた。「優秀な雑用係になれるぞ。いつでも推薦状を書くよ」

そう、私は牧場の雑用係というわけね。その私が、ヘレンと張り合おうとしていたなんて！

その夜は強風がうなりをあげていたが、疲れきったロウィーナはぐっすり眠った。

翌朝まだ暗いのにドアをせわしなく叩く音がした。フォレストだ。「ロウィーナ、雪を見に行こう」

彼女はよろよろとベッドを出て壁をまさぐり、スイッチを入れたが、明かりはつかなかった。

「停電だよ。僕が懐中電灯を持ってる。ガウンだけ着ればいい」

ロウィーナはトルコブルーの分厚いガウンをはおって細いウエストで紐《ひも》をきつく結んでからドアを開けた。廊下も真っ暗だ。「いったい何時なの？」

「五時半だ。タウファイ山の向こうに月が沈むところを君に見せたい。ラヴィニア叔母さんも起こしたが、〝この年になったら、月が昇ろうが沈もうが、毛布にくるまっているほうがいい〟とさ。でも起きてくるだろう。ヘザーにつき添いを頼んである」

彼はロウィーナの腕を取って階段を下りた。裏口のドアを開けると、冷たい空気が押し寄せてきた。

「見てごらん！　起きたかいがあっただろう？」

フォレストは彼女をベランダの空き箱の上にのせた。そこだけ雪が積もっていなかったのだ。それから隣に立って彼女が落ちないよう体に腕をまわした。箱の上は二人立つのがやっとだった。

ロウィーナは息をのんだ。放牧地は真っ白で、柵は一つも見えない。巨大な糸杉の生け垣さえ吹きだまりに半ば埋もれている。ベランダにも雪が吹き込み、二人が立つ箱のまわり以外は真っ白だ。タウファイ山とふもとの丘陵全体が一つの大きな山に見える。峡谷もふんわり積もった雪に覆われている。

「大丈夫さ。羊たちは雪の下でひと塊になってじっとしたまま何日も生き延びられるものなんだ」

この景色を一生忘れないだろう、とロウィーナは思った。徐々に光を失いながら沈んでゆく月も、濃紺のビロードの空にちりばめられたダイヤモンドのような星たちも、冷たく澄んだ空気も、体にまわされたフォレストの腕のぬくもりも、二人の腿と足がぴったり寄り添う感触も……。

やがてほかの人たちの足音がして、二人は箱から下りた。魔法のひとときは終わったのだ。

ラヴィニアとヘザーとロウィーナは着替えのためにまた二階へ上がった。フォレストとネリーはランプに火をともし、朝食の準備を始めた。

キッチンは一世紀前に逆戻りしていた。テーブルとシンクの上にランプが置かれ、大きな石炭オーブンの開いた扉からは明るく揺らめく炎が見える。

「電話線が切れたようだ。僕たちは孤立状態だよ。携帯型無線機に新しい電池を入れて、地域の状況を確認しよう。一九四五年の猛吹雪のときは、場所によっては停電が六週間も続いたんだ」

「六週間！」ロウィーナはあえぎ声をあげた。褒められた考えではないが、少なくとも数日間はヘレンはここへ来られないし、電話すらかけられない。よくも悪くも、この孤立状態を楽しめそうだった。

吹雪から三日目の朝、目覚めると外は氷の世界だった。それでも火を絶やさない階下のキッチンはかなり暖かい。一家は日中をそこで過ごしていた。

フォレストは山ほど服を着込み、硬く凍った雪の上を歩いてジョックの家へ出かけた。吹きだまりで足を取られはしないかと気が気ではなかったロウィーナは、彼が無事に帰ってくるとほっとした。

「ジョックは牧童二人を連れて、防風林まで羊たちの様子を見に行くそうだ。決して無理をせずに、三人一緒に行動するよう言っておいた」

「実は、レディ・バーカーの回顧録を読み返してみたの。猛吹雪の章だけをね。多くの羊が峡谷に張り出した崖の下で吹雪を避けていたそうよ。でも雪解けが速く進みすぎて川が急に増水し、必死で一部は助けたけれど、大部分は急流に流されておぼれ死んだらしいわ。また同じことが起きるかしら？」

「十分ありうる。だから今日ミロ峡谷へ行くつもりなんだ。羊が避難するとしたら、あそこだろう」

「まさか一人で行かないわよね？」

彼は苦笑いを浮かべた。「いったい誰を連れていけばいい？　トニーはいないし、ジョックたちは防風林へ出かける」

「私じゃだめかしら？　足手まといかもしれないけど、一人で行くより安全だと思うわ」

フォレストはじっくり考えた。「わかった。確かに一人で行くのは無謀だ。君には山登りの経験もあるようだし。登山用のストックをついていこう」

ロウィーナは自分の登山ブーツを持ってきていた。フォレストがスラックスの上にはく防水ズボンを貸してくれた。足首の部分を紐で締めるようになっている。前にひざまずいた彼に紐を締めてもらう間、ロウィーナは黒い巻き毛に指を差し入れたくてたまらなかった。それからコートのボタンを顎の下まできっちり留めてフードをかぶり、ストックを握った。

峡谷に着くまでの道のりは長く厄介だったが、森に入ってからは少し歩きやすくなった。小川を渡りながら進んでいくと、峡谷はさらに狭くなり、上に崖の張り出した場所に達した。

「見つけたぞ！」フォレストが叫んだ。「ロウィーナ、君にも見えるかい？」

ロウィーナは目を細めて、まぶしいほど白い雪に覆われた斜面を見上げた。「ええ……湯気が立ち上ってるわ。あの下にいるの？」

積もった雪には同じ間隔で二つずつ小さな穴が開いている。羊が鼻の穴で息をしているのだ。

「今なら掘り出して連れて帰れると思う。地面が凍っているから羊も家まで歩ける。だが雪が解け始めたら無理だ。しかも雪解けが急に進めば、ここにいる連中は増水した川に流されてしまうだろう。だが、君にはきつすぎる仕事かな？」

「やってみましょう」

分厚い手袋をしていても、羊に積もった雪をどけるのは想像以上に大変な作業だった。それでも何匹か掘り出すと、あとは自分から動き始めた。油分を含む厚い毛皮に覆われた羊は驚くほど暖かい。体じゅうの筋肉が痛んだが、二人は作業を続けた。

「おかしいな。動きが止まったぞ」フォレストは次にどけようとしていた雪にストックを刺してみた。

「ああ、恐れていた事態だ。中で一匹倒れている。起こしてやらないと」その羊を掘り出した彼は、さらにうろたえた声をあげた。「こいつは雌だ。なんとお産の真っ最中だよ」彼は羊にかがみ込んだ。

ロウィーナも駆け寄り、彼の隣にしゃがんだ。

「もう産み落とす力が残っていないのね？」

フォレストは手袋をはずした。「頭が見えてる。なんとかできるはずだ」

彼の手は優しく手際よく動き、たちまちぬれて滑りやすい小さな生き物がロウィーナの前に置かれた。ロウィーナはマフラーをはずして子羊を包んだ。ところが、フォレストがまた悲痛な叫びをあげた。

「まさか、双子なの？」

「ああ、しかもこっちはひどく弱ってる。お産に時間がかかりすぎたんだ」彼はすぐにもう一匹も取り上げ、ロウィーナに渡してから自分のマフラーをはずした。「こいつは助ける価値がないかもしれない。

だが、できるだけのことはしてやろう」

ロウィーナは最初の一匹をコートの中に入れてボタンを留めた。もう一匹はフォレストが抱いた。羊たちがしょっちゅう道をはずれるので帰りは行きよりも時間がかかった。ついに凍った裏庭に羊たちを追い込んだときには、二人とも倒れる寸前だった。

二匹の子羊はキッチンへ抱いていった。フォレストはどこかへ消え、しょげた顔で戻ってきた。

「僕は大ばかだよ。停電中なのを忘れて、保温ヒーターつきの保育器を捜しに行ったんだ。ネリー、ブリキの桶《おけ》に湯を入れてくれ。入浴させないと」

二人は子羊たちを湯の中でよくこすり、暖炉の前に敷いた大きなぼろマットにのせて、古いタオルで拭いた。驚いたことに、そのあとはラヴィニアが引き受けてくれた。ミルクを温め、限りない辛抱強さを発揮して生まれたばかりの羊に飲ませたのだ。

そこでやっと、フォレストとロウィーナはコーヒーを飲む準備に取りかかった。まずはシンクにためた熱湯で、手や顔の泥や血を洗い流す。

「よくやったね、ロウィーナ」フォレストは言った。

困難な仕事を見事にやり遂げた満足感に浸りながらも、ロウィーナは小さくため息をついた。ジェフリーも、私の財産だけでなく、有能な仕事ぶりを気に入っていたわ。僕の家もエインズリー・ディーン同様うまく切り盛りしてもらえると期待していたのよ。私は華やかでロマンチックな場面とは無縁なのね。誰かが私を気に入るとき、それはいつだって実用的な判断に基づく好意なのだ。

そのあと牧童たちは二人一組であちこちの峡谷を調べ、崖の下の羊を救出した。多少の犠牲は出たが、ほかの地区よりは損失が少なくてすみそうだ。

ロウィーナもパンを焼いたり、次々キッチンに持ち込まれる羊の赤ん坊にミルクを飲ませたりして、忙しい日々を送った。

10

　ある日突然、道路が通行可能となった。放牧地では、水浸しの牧草が黄ばんだ緑色の顔をのぞかせた。峡谷や窪地《くぼち》には何週間も雪が残るだろうが、とにかく牧場ではふだんの仕事が再開された。

「これで、またしょっちゅうヘレンが現れるわね、ロウィーナ」ラヴィニアが言った。

　いつもの明るい性格に似合わない非難めいた口調に、ロウィーナはラヴィニアを見つめた。

「あなたも、ヘレンを優しい善意の塊と思っているんだろうけど……彼女に関しては、私は異端児よ。誰からも好かれる人というのを好きになれないの。そんな人は、きっとどこかおかしいのよ」

「ビーチー、そんなこと言うものじゃないわ。ヘレンは人あたりがよくて誰とでも仲良くなれるのよ」

「彼女の長所はもう結構よ。むしろ欠点があれば好きになれるのに」

「もう、ビーチーったら」ロウィーナの声に純粋な愛情があふれた。「どうりで、私をお気に召すわけね。何しろ欠点だらけですから」

「そのとおり。あなたは短気で毒舌の持ち主で――特に相手がフォレストだとそうなるわね」ラヴィニアはため息をついた。「何はともあれ、フォレストがヘレンに関わらないでくれるといいけど」

ロウィーナは頬が赤らむのを感じ、うつむいて手芸に集中するふりをした。「でも、そうなれば理想的じゃないですか？　ヘレンの喪失感は癒やされるし、フォレストも、ヘレンなら、かつての婚約者のようなお金目当ての女性ではないと安心できるわ」

ロウィーナの言い方に、ラヴィニアはこっそりほほ笑んだ。「フォレストは一カ月もたたずにヘレンに飽きるわ。愛らしくて明るいだけの娘は好みじゃないの。深みと多面性を備えた女性でないと。実際、あの子に必要なのは、あなたみたいな人よ！」

「ビーチー！　どうかやめてください。あなたに仲を取り持とうとされたら、本当に困るんです。フォレストとは相性が悪くて……。以前のコンパニオンたちがしつこくて閉口したと最初から彼に釘《くぎ》を刺され、そのことで喧嘩《けんか》ばかり。でもヘレンなら――」

「財産狙いと彼に疑われないのね」ラヴィニアはロウィーナの手を叩《たた》いた。「大丈夫よ。名案があるの。きっとうまくいくわ」

ロウィーナはパニックに陥り、無我夢中で言った。「もし何かなさったら、私は出ていきます。フォレストと私がどれほど気が合わないか、喧嘩ばかりしてきたか、よくご存じでしょう！」

ラヴィニアは笑った。「あなたたちの喧嘩は、愛情の裏返しじゃないかしら？」

ロウィーナは唖然《あぜん》として言葉を失った。ラヴィニアが気づいているなら、ほかの人たちも、フォレストさえも、私の気持ちに気づいているかもしれない。そんなこと……恥ずかしくて耐えられない。

「おろおろしなくていいのよ。フォレストとのことで、絶対にあなたを困らせたりしないから。約束するわ」ラヴィニアは言った。

とりあえず、その約束で満足するしかなかった。でもそれ以来、自分の気持ちが見え見えなのではと妙に意識して、ロウィーナはまたフォレストに対して身構えるようになった。せっかく吹雪の日から二人の間に友情が芽生えたのに、せっかくダーク・サーギソンの影が薄れてきたのに、残念なことだった。

ある日、ロウィーナはフォレストに尋ねた。「最近リンジーはダークのことを手紙に書いてこないけど、二人の仲は自然消滅しかけているのかしら」

キッチンで馬具を修理していたフォレストは顔を上げた。「ダークはもうクライストチャーチにいない。ダニーデンへ行ったよ。彼のことだ。すぐにまた別の獲物を見つけてリンジーを捨てるだろう」

ロウィーナは赤面した。私もまた捨てられた獲物の一人だとフォレストは思っている。でも、そう思わせたのは私自身なのよ！

「ダニーデンのあちこちの学校で教える非常勤講師の話が舞い込んで、彼も異存はなかった。景色のいい町で好きなだけ絵を描いて金も稼げるわけだ」

「そんな仕事が舞い込むなんて、幸運だったわね。リンジーにとっても私たちにとっても」

「僕が陰で糸を引いたのさ」フォレストはあっさり言った。「向こうに住む学校関係の友人に、とても優秀な画家がいると話しておいたんだ」

ロウィーナはまた新たな尊敬の目で彼を見た。

「賢いやり方ね。ここへ招待するという私の案よりずっと効果的だわ。牧場では彼の醜い正体があらわになると思ったのに。あれは大失敗だったわ」

「僕を褒めるとき、君の声はいつも嫌そうだね。意地悪なフォレスト・ビーチントンにも長所があると認めるのは、癪《しゃく》に障るんだろう？」からかうような口調だが、目は注意深く彼女を見つめている。

ロウィーナは真っ赤になり、むっとして答えた。

「あなたを意地悪だなんて言った覚えはないわ！」

「言わなかったっけ、スイートハート？　すると、それはまだだったか。ほかに何があったかな？　無作法で思いやりのない田舎者。無情で高圧的で不当な独裁者。ああ、とても全部は思い出せないな！」

「私、じゃがいもを取ってこなきゃ」ロウィーナは大きな器を持って貯蔵室へ逃げ込んだ。いらだたしいことに体が震えている。〝スイートハート〟と呼ばれたからって、なんの意味もないわ。深読みしすぎてはだめ。彼女はきつく自分に言い聞かせた。リンジーも、ペニーもラヴィニアも、ネリーのことさえも、彼はそう呼ぶのよ。誰かをからかうときに使う呼称にすぎないわ。ロウィーナ・フォザリンガム、愚かな期待をしてはだめ！

　キッチンに戻ってシンクの前で蛇口をひねると、まるで中断などなかったかのように彼が言った。

「もちろん、僕はその全部に当てはまるが……」

　ロウィーナはなんの話かわからないふりをして、じゃがいもの皮をむき続けた。フォレストは彼女の後ろに立ち、肘をつかんで肩越しに顔を寄せた。

「それでも、期待しているんだ。いつの日か君がその非難を全部取り消して……」彼は不意に言葉を切った。「くそ、また邪魔が入った。ネリーもヘザーも叔母さんも留守なら、今度は牧師の登場だ！」

　ロウィーナは慌てて顔を上げた。一瞬、二人の頬が触れ合い、それから彼は客を迎えに出ていった。

　牧師夫妻と一緒にお茶を飲んでから、フォレストは仕事で出かけた。

　牧師夫妻が帰ったあと、一人になってほっとしたロウィーナは暖炉の前に座ってぼんやり考えた。

　彼女はまだ将来が不安だった。もしラヴィニアが本気なら、そしてフォレストがこんな態度を続けるなら、自分のことを正直に説明するべきだ。でもすべては私の希望的観測で、彼の優しく親しげな態度にはなんの意味もないかもしれない。

　そのとき、外で車が停《と》まる音がした。フォレストのはずがない。帰ってくるにはまだ早すぎる。それでも先ほど中断された彼の甘い言葉を思い浮かべると、将来への夢がふくらんで脈が速まった。

　すばやい足音と軽いノックに続き、ヘレンが入ってきた。彼女は、どこかいつもと違って見えた。いつものブルーやグレーではなく、明るい真紅のドレスを着ているが、そのせいではない。

　そう、今日のヘレンは生気に満ちている。頬は赤く染まり、目は輝いている。でもフォレストが留守だと知ると、見るからにがっかりした様子だった。

「あら、まあ。それじゃ、またにするわ。もう十分考えたんだけど。とにかく、彼も喜ぶはずよ」

〝彼も喜ぶはず……〟ロウィーナは無言だった。ひどく困惑して口がきけなかったのだ。

「フォレストに何度も言われたの。コリンを忘れて、思い出に生きるのをやめて、先へ続く人生を受け入れるべきだって。でも忘れられなくて……。それで今回の旅行を勧められたの。でも帰ってきてからもまだ決心がつかなくて、フォレストにさっさと決めろと言われたの。それで急にその気になれたのよ。だから彼に話したかったのに。フォレストはいつも正しいわ。そう思わない？」

「確かに、彼は自分の目的をよくわかって行動しているわね」

ヘレンはいぶかしげにロウィーナを見た。「彼をあまり好きじゃないみたいね？　よく言い争っているし。でも彼ほど立派な人はいないのに」

「ええ、彼は立派よ。でも、なぜか私たちはお互いの神経を逆なでしてしまうの。教えてくれてありがとう。お二人の幸せを祈っているわ」

いろいろな話をしたあと、ヘレンは夕食をすませて帰った。また一人になったロウィーナは、フォレストとヘレンのことを考えた。ラヴィニアの言うとおりだ。彼はすぐに死ぬほど退屈するだろう。なぜもっと活力にあふれる誰かを選ばなかったの？　今日の午後、彼が来客に中断されずに話し続けていれば……。いえ、あれでよかったのよ。彼女は考え直した。あのときフォレストは優柔不断なヘレンにうんざりして、タウファイには女主人が必要だし、ラヴィニアも子供たちも私を気に入っているから、次善の相手で手を打とうと思ったのかもしれない。

ヘレンのことは、ラヴィニアにはまだ黙っておこう。話しても動揺させるだけだ。知ったら、ラヴィニアはここへ来る前に住んでいた海辺の町へ戻るの？　私も一緒に連れていくの？　フォレストとヘレンが結婚したら、私もタウファイにはいられない。幸せな――あるいは不幸な――夫婦を間近で見るのは耐えられない。いっそビーチントン家と縁を切ったほうが心が安らぐかも、とロウィーナは思った。

夜はなかなか眠れず、深夜に戻ってきたフォレストが寝室へ向かう足音を聞いた。翌朝は、少し寝過ごした。寒いのに起きて、朝食を作って、ふだんどおりふるまわなければならないのが恨めしい。朝食のテーブルの向こうにフォレストの顔を見たとき、ロウィーナは妙な気分だった。ヘレンが結婚を受け入れたことを彼はまだ知らない。そしてヘレンが来るほんの数時間前、私は彼の軽はずみな言葉を深読みして、新たな希望と約束を夢見ていたのだ。

「僕はすぐにティマルへ出かける。地方議会の議長と会う必要があるんだ。議長は昼にはダニーデンへ向かうから、その前に会わないと」彼は言った。

ロウィーナはためらった。昨日ヘレンが会いに来たことを告げるべきかしら。でも彼は急いで出かけるところだ。きっとヘレンは、二人きりでゆっくり話したいだろう。今は言わないでおこう。

その日は長くつまらない一日だったが、四時に電話が鳴った。そして、フォレストの声がした。

「ロウィーナ、聞いてくれ。ティマルで面白い映画をやってるんだ。四時四十五分のバスでこっちへ来て一緒に見ないか？　間に合いそうかな？」

初めて二人きりの外出をフォレストから誘われた。それが今だなんて。

ロウィーナが黙っていると彼はたたみかけた。

「もしもし、聞こえてるかい？　来られるかな？」

断るべきだとわかっていた。でもなぜか別の言葉が飛び出した。「ええ、行くわ。どこで落ち合う？

ティマルは知らないから。ああ、バス停へ来てくれるのね。わかったわ。それじゃ急がなきゃ」彼女は二階へ駆け上がり、自室で休んでいるラヴィニアに声をかけた。「フォレストから電話があって、ティマルで映画を見ないかと誘われました。行ってもいいでしょうか？　夕食には子牛とハムのパイがあるので、あとはネリーでも大丈夫でしょう」

「もちろんよ。私もうれしいわ。まあ、大変。時間がないじゃない。どうやってバス停まで行くの？」

「ヘザーの自転車を借りて、生け垣の後ろに停めておくつもりです」

「とんでもない。ジョックに電話して車で送らせるわ。さあ、急いで。おめかしして新しいドレスを着るのよ。あとは私に任せなさい」

その言葉どおり、ロウィーナが下りていくとジョックが車で待っていた。

南カンタベリー地方の丘と谷は牧草の緑に覆われ、どの家の庭でも水仙が花開き、小川では柳の薄緑色の葉が水面にゆらめいていた。やがてバスが丘を越えるとティマルの町が見えてきた。曲がりくねった街路の向こうにキャロライン湾が青く広がり、イギリスの古風な海辺の町を思わせるたたずまいだ。

バス停にはフォレストが立っていた。帽子を斜めにかぶり、パイプをくわえ、骨張ってがっしりした顎が際立ち、いかにも牧場主らしい。お互いに辛辣な言葉をぶつけ合った過去が信じられないような、静かで穏やかな姿で彼は待っていた。

「今夜は遅くなってもかまわないかい？」ホテルでのんびりディナーをとりながら、彼はきいた。

ロウィーナはうなずいた。遅くなればなるほど、今夜の思い出が増えるわ。

「実は、ちょうど知り合いの船長の船が入港していて、船で軽い夜食でもどうかと誘われているんだ」

「私はお邪魔じゃないかしら？　車の中で待ってい

てもいいけど」

「ばかなことを言うな。マックには君を連れていくと話してある」フォレストは彼女の喉元に目を落とした。「ネックレスをしてないね」

「焦っていたから留め金をうまく留められなくて、あきらめたの。ジョックにバス停まで送ってもらったのよ――あの、叔母様が手配してくださって」

「叔母さんは賛成というわけだ」彼はにっこりした。

ロウィーナは顔が赤くなるのを感じた。

するとと、彼はポケットから薄紙に包まれた何かを取り出した。「今なら、これを受け取ってもらえる気がする」

白いテーブルクロスの上で薄紙を開くと、ロウィーナは息をのんだ。繊細な銀の鎖の先にパウア貝が揺れるネックレスだ。これからどうなるか知っている身にはほろ苦いプレゼントだが、喜んで受け取ろう。フォレストもタウファイも、すべてヘレンのものだ。でもイギリスに戻ったら、時々これを取り出して、ニュージーランドの海岸でオパールのようにきらめく貝を思い浮かべよう。「まあ、フォレスト。とてもきれいだわ。海の宝石は大好きよ」

「僕もだよ。本物の宝石ではないが、貝は魅力的だ。珍しいものではないが美しい」

二人の視線が絡み合うと、ロウィーナは急いで目をそらした。ヘレンのことを考えなければ。

夜は霜が降りて寒かったが、船はたくさんの明かりに照らされて華やかだった。彼女を連れたフォレストの瞳は楽しげに得意げに輝き、ロウィーナは彼の目に映る今宵《こよい》の自分を最高に美しいと感じた。

暖房のきいた船室でロウィーナはコートを脱いでいた。会食を終えると、フォレストはごく自然にそれを取り上げ、彼女に着せかけてボタンを留めた。そんな友の姿を船長は温かな笑みを浮かべて見ていた。彼女の左手の指に目を走らせた様子からして、船長が何を考えているかは明らかだった。

それから二人は帰路についた。深夜の幹線道路は行き交う車もほとんどなく、車内は満ち足りた静寂に包まれていた。タウファイから八キロほどの地点で、フォレストは左手をハンドルから離し、ロウィーナが膝に置いた手を取って指と指を絡めた。なんとかしなくては、とロウィーナは思った。まるで暗黙の了解のような、親密な沈黙は危険すぎる。

「フォレスト、また船に乗って、自分はタウファイに縛りつけられていると感じなかった?」

「いや、そんなことはない」彼は落ち着いた声で答えた。「タウファイには海にない魅力がある」

「そうよね。川も森も山も息をのむほど美しいわ」

「僕が考えていた魅力は、それとは別だ」彼はわざとそっけなく言った。

遠くの山脈の上で何かがまばゆく光った。白と紫に緑色が混じった不気味な閃光《せんこう》だ。ロウィーナはぎくりとして飛び上がった。「あれは何?」

「雷雨だよ。遠いが、かなり激しいようだな」

車は私道を進み、駐車場に入った。フォレストはライトを消すと、ダッシュボードの薄明かりの中で、彼女の顎の下に指を当てて顔を上向かせた。

「ロウィーナ。毎度おなじみのお互いへの敵意は、どこへ消えたんだろう?」彼は冗談めかしてきいた。

ロウィーナは答えずに、彼に握られていないほうの手でドアノブを探った。外に出なくては。

彼は顔を近づけた。「何かが敵意を押し流したんだ。僕たち自身よりも大きな何かが……」

そのとき、フォレストの手に涙が落ちた。彼はとっさに彼女の頬に触れ、静かに流れる涙をたどった。「スイートハート、どうして泣くんだ? 話してくれ」彼はロウィーナを抱き寄せた。

いいえ、それはできないわ。理由を説明するわけにはいかない。ロウィーナは逃れようとしたが、彼の腕は決してゆるまず、でも限りなく優しく彼女を抱き締めている。ついに彼女は広い肩にもたれた。そうしていると、計り知れないほど心が安らいだ。

「ロウィーナ、すまなかった。強引すぎたかい？君も同じ気持ちかと思ってしまったんだ」

その声は自責の念に満ちている。これがあのフォレストかしら。〝へりくだった姿など目にした記憶はありません〟と言ったけれど、今の彼がそうだわ。

「今まで気づかなかったが、ホームシックかい？家が没落し、働かなければならなくなって、しかも雇い主一家はこんな骨の折れる連中だ。それで泣いているのか？　そうだと言ってくれ。まだほかの誰かを愛しているからではないと言ってくれ」

彼女が黙っていると、彼は身をこわばらせた。

「まあ、いいさ。君はもう失恋を乗り越えたかと思ったが。やがて時がたてば忘れるだろう。時間ならたっぷりある」フォレストは車を降り、彼女のために助手席のドアを開けた。

翌朝、ロウィーナとラヴィニアが朝のお茶を飲んでいたとき、ベランダにフォレストの足音がした。ロウィーナは喉元で脈が激しく打ち始めるのを感じた。落ち着くのよ。昨夜のことはなんの意味もなかったふりをして、彼におめでとうと言うのよ。

部屋に入ってくる彼は、日に焼けて屈託がなく、本当に幸せそうだ。

「大ニュースだよ。ヘレンが婚約した。お相手は、帰国する船で知り合ったオーストラリア人だ」

ロウィーナは理解できなかった。顔から血の気が引き、彼の顔を見つめるばかりだ。思わず両手をテーブルについて立ち上がる。「オーストラリア人？でも……私はてっきり……」口から転がり出る言葉をなんとか止めたものの、すでに二人は興味津々でその先を待っている。どうやってごまかせばいいの？　彼女は気が動転して部屋を飛び出した。

あとを追ってくる足音を意識しつつ階段を駆け上がると、小塔へ続く狭い階段が見えた。あそこは中から鍵をかけられるわ。塔に着き、中に入ってドアを閉めようとしたが、反対側からフォレストがドアを押し開けた。ロウィーナは狭い部屋の窓際に追いつめられ、窓を背に立っていた。

「僕から逃げられると思ったのか？」彼は勝ち誇った笑い声をあげた。両手で彼女の肩をつかみ、顔を近づける。笑いに震える唇の柔らかさが感じ取れるほど近い。「さあ、言うんだ。〝私はてっきり〟どうしたんだ？　言うまで放さないぞ」

はしばみ色のきらめく瞳からロウィーナは目をそらせなかった。もう嘘《うそ》は必要ないとその瞳が促す。

「ヘレンが……あなたと婚約したと思ったのよ！」

彼はまた笑った。「いったいなぜ？」

「叔母様は、あなたとヘレンが……そうならなければいいと心配していたわ。そしておとといヘレンがやってきて、あなたの喜ぶ話があると言ったの。あなたにせかされて、やっと決心がついたと。だから、ほかに考えようがないでしょう？」

彼はうなずいた。「ヘレンは筋道を立てて明快に話すのが苦手なんだ。コリンの死後、彼女はしょっちゅうここへ来て悲劇のヒロインを演じていた。だからコリンを忘れて新たな人生を見つけろと、旅に送り出した。帰ってきて恋に落ちたと聞いたときはほっとしたよ。ところが相手とシドニーで暮らす自信がないと迷っていたから、早く決めろと言ってやったんだ。ほら、これですっきりしただろう？　今度は君だ。君にも説明してもらいたいことが山ほどある。僕たちの心が近づくたび、何かが起きて君を信じられなくなる。ラヴィニア叔母さんが歯医者の予約を捏造《ねつぞう》してくれた日――君が歯医者に電話して確かめると言い始めたときは焦ったが――君は本当に素直で優しかった。ところが、そこにダークが現れた。いや、そんな話は時間の無駄だ。話はあとでゆっくり聞こう。それより、もしヘレンと僕のことを誤解していなかったら、昨夜《ゆうべ》車内で僕の――」彼がロウィーナを抱き寄せたとき、階段を駆け上ってくる足音がした。「やれやれ、今度は何事だ？」

「フォレスト！」ラヴィニアが叫びながらドアを叩いている。「上流で川の土手が決壊したわ。水にのまれた家もあるのよ」

彼はドアを開けた。「どうして？　峡谷の雪を溶かす北西の風は、まだ吹き始めていないのに」

「昨夜の雷雨のせいよ。上流は記録的な豪雨で川が増水したの。洪水はこっちへ近づいているとニュースで言ってるわ。郵便局長がみんなに連絡してるところよ。危険な地区の住民は避難するようにと」

「叔母さん、外へ出て警報ベルを鳴らしてください。牧童を全員集めないと。それから水路沿いの家全部に電話を。川があふれれば、水路もあふれる。ここは高台だから安全だ。低地にある町が一番危ない。女性たちには子供を連れてここへ避難してもらおう。ネリーとヘザーに食料をたっぷり用意させてください。避難してくる人たちに食べさせなきゃならない。ロウィーナ、馬の用意を頼む。出かけるぞ」

フォレストはラスに、ロウィーナはクイーンにまたがり、二人は屋敷を飛び出した。ロウィーナは、あとに残るよう言われなかったことがうれしかった。自分の居場所は彼の隣。もうタウファイの女主人になったも同然なのだ。

ラスとクイーンは放牧地の柵を次々に飛び越えて町に着いた。人々が家から通りへ出てきている。たちまち、ごく自然に、フォレストは主導権を握った。

「予想されているほど大きな洪水にならなければいいが、万全の策を取る必要がある。幼い子供は車に乗せてうちの牧場へ避難させてくれ。家の床のものは、できるだけテーブルかベッドの上へのせておけ。

サイレンが鳴ったらすぐ避難だ。とにかく急いで」

フォレストは、ロウィーナと二頭の馬のところへ戻った。「僕たちは川向こうの湿地へ行こう。あそこの電話回線が故障中なんだ。橋が渡れるうちに早く洪水のことを知らせないと」

ロウィーナは橋から下を見たが、小石の多い川底をいつもどおり水が浅く流れているだけだった。

湿地の小屋に住む貧しい農民たちは、フォレストの話をなかなか信じなかった。だが彼は断固として警告を続けた。結局無駄骨かもしれない。洪水は起きず恥をかくかもしれない。それでも人命を危険にさらすわけにはいかない。

ついに全世帯に警告を終え、二人が来た道を戻ろうとしたとき、後ろから叫び声がした。馬に乗った男性が必死で追ってくる。

「アイリッシュマン峡谷へはもう行かれました?」

「いや、あそこには誰も住んでいないはずだ」

「いるんですよ。廃屋を修理して住んでる一家が。若い男と奥さんと子供が二人。一人は赤ん坊だ」

「なんてことだ！　あそこは最初に水没するぞ。僕はその一家を助けに行く。近くに乾いた浅瀬がある。そこを渡って反対側の高台の土手へ避難させよう。スティーヴンズ、君は戻って車を出し、高台の土手のほうで待機してくれ」フォレストはロウィーナを見た。「スティーヴンズと一緒に帰りなさい」

「いいえ、帰らないわ」ロウィーナは彼を見返した。

驚いたことに彼は逆らわなかった。「わかった。道路が冠水して車は来られないかもしれない。僕一人より二人のほうが心強い。おいで」

二人は馬を飛ばして暗い谷へ分け入った。やがて角を曲がると、若い女性が石だらけの山道をがたがた揺れるベビーカーを押しながら走ってきた。赤ん坊のほかに、三歳くらいの男の子がベビーカーのハンドルにしがみついている。女性は信じられないという目で馬上の二人を見た。

「ああ、よかった！　主人が車で遠くへ出かけてしまったので、乗り物はこれしかなくて。ラジオで警報を聞いて、とにかく逃げなくてはと思ったの」

フォレストは馬を降り、男の子を抱き上げてロウィーナに渡した。彼の目は信頼に満ちている。それから赤ん坊を母親に抱かせ、一緒に馬に乗った。

ところがいつもは乾いている浅瀬に着くと、急流が渦巻いていた。しかも水かさはどんどん増していく。フォレストは狼狽《ろうばい》してロウィーナを見た。

彼女はほほ笑んだ。「洪水のとき、レディ・バーカーはセルウィン川を渡ったわ。ここよりずっと広い川よ」

「それしかないな。馬に任せれば、川底を探って安全なルートを進むはずだ。僕が先に行く。きっとやり遂げられるさ」彼の顔は決意に引き締まった。

11

若い母親は赤ん坊をしっかり抱きながら、ロウィーナにしがみつく幼い息子に悲痛な目を向けた。

フォレストとロウィーナは馬を促して渦巻く急流へ入っていった。それはたいした距離ではなかったが、何時間も続くかと思えた。川底は滑りやすく、上流からは土砂とともに大きな石も流れてくる。すさまじい轟音《ごうおん》の中、馬たちは足を滑らせ、よろめきながら進んだ。突然、向こう岸のかなり遠方に人影が現れた。人々はどよめき、それから言葉を失った。

フォレストは声の限りに馬たちを励まし続けた。水は膝まで来ており、すさまじい力で流れに引き込もうとする。だが二頭は確実に岸に近づいていった。

　そしてついに、フォレストの乗ったラスが土手に足をかけ、必死で這《は》い登った。フォレストはラスから飛び降りて手綱を若い母親に渡すと、後ろをついてきていたクイーンに呼びかけた。ところが、先導する盾を失ったとたん、クイーンはよろめいた。

　あぶみがはずれ、ロウィーナは自分が流されると悟った。「この子を受け取って！」彼女は男の子をフォレストに差し出した。

　フォレストは腰まで水につかって子供を抱き取り、ロウィーナをつかもうとしたが間に合わなかった。クイーンはどっと斜めに倒れて急流にのまれていく。ロウィーナは馬から投げ出され、一瞬水に引き込まれたが、やみくもに伸ばした手が土手から突き出た太い木の根をつかんだ。そのとき、何かが激しく脇腹にぶつかった。次の瞬間、フォレストの手が体にまわされた。彼はもう一方の手で木の根につかまり、水の勢いから彼女を守ろうと体を張っている。

「ロウィーナ、聞こえるか？　岸に上がるんだ。両手で木の根をつかんで這い上がれ！」

「できないわ」彼女はなんとか声を出した。「反対側の腕が上がらないの。骨が折れたみたい」

　不意に、二人の頭上に若い母親の顔がのぞいた。彼女は土手にひざまずいて両手をロウィーナの脇の下に伸ばした。「もう大丈夫よ。絶対に離さないわ。すぐにほかの人たちが助けに来るから」

　男たちが到着し、たくましい腕がロウィーナとフォレストを急流から引き上げた。

　彼は青い顔で、土手に寝かされた彼女にかがみ込んだ。「どうした？　折れた腕が痛むのか？」

「あばら骨に……流木がぶつかったの。でも……きっと大丈夫」彼女は唇を引き結んで痛みに耐えた。

「車が間に合わなくて、本当にすみませんでした」

スティーブンズはひどく申し訳なさそうな様子だ。

「ベストを尽くしてくれたことはわかっているさ」

フォレストは言った。

「クイーンは……無事なの？」ロウィーナがきいた。

「自力で這い上がったよ」フォレストは答えた。

車が到着し、ロウィーナは慎重に後部座席に寝かされ、近くのアッシュバートンの病院へ運ばれた。タウファイの町では多くの家が水につかり、橋も流されたが、人命に被害はなかった。

ロウィーナはかろうじて肺炎を免れたものの、最初の二日間を病院のベッドで一人で耐えるしかなかった。牧場では誰もが目のまわる忙しさだったのだ。

そのあとはクライストチャーチの病院へ移され、子供たちが見舞いに訪れた。フォレストも現れ、帰り際にベッドに身を乗り出し、唇を寄せて言った。

「早くよくなってくれよ。僕たちには片づけなきゃならない問題があるんだから」

ロウィーナはやきもきしていた。四人部屋の病室はプロポーズに向かない。月明かりの下、薔薇《ばら》の花に囲まれてプロポーズされる女性もいるのに、私は物置代わりの狭い小塔の部屋で、古いスキー道具に囲まれていた。しかも、ラヴィニアのノックで中断された。そして今は、いつ退院できるかわからない。

さらには、命をかけて他人の子供を救った勇敢なヒロインの写真を撮りたいと新聞記者がやってきた。新聞に写真が載ることに不安を抱いたが、〝お願いします。こっちも生活がかかってるんですよ〟と泣きつかれては断れなかった。

その結果、ある朝、長身の見慣れた男性が看護師長の案内で現れた。父のかかりつけの眼科医だったサー・ガイ・チェニングズだ。

「驚いたかい？　たまたまこっちへ来ていて、新聞で君の写真を見たのでね。実にお手柄だ。ところで、いったいここで何をしているんだい？」

「生活のために働いているんです」彼女は笑った。幸い眼科医は、午後にはダニーデンの医学校へ向かうという。秘密がもれる心配はなさそうだ。

フォレストは洪水被害の救済委員会の仕事で忙しく、たまに見舞いに来てもいつも誰かが一緒だった。

ある日ラヴィニアが一人でやってきた。嫌いなバスに乗って来てくれたのだ。ロウィーナは感激した。

「今は誰にも運転手を頼めないもの。でも、あなたを独りぼっちにしておきたくなかったの。それに、ほかにも用事があったし。今朝は弁護士に会ってきたのよ」ラヴィニアは秘密めかして言った。

「ビーチー、何をたくらんでいるの？」バルコニーの椅子に座ったロウィーナは身を乗り出した。

「何週間か前に新しい遺言を書いたの。今朝は弁護士にあなたへの財産贈与の書類を作成させたわ」

ロウィーナはまばたきした。「なんですって？」

「財産贈与の書類よ。今すぐ多少のお金が手に入るわ。あとは私の死後、遺産として受け取ってね」

ロウィーナは姿勢を正した。「だめです。ビーチントン家の財産はビーチントン一族が受け継がなくては。私は受け取れません」

ラヴィニアはロウィーナの手を叩《たた》いた。「落ち着いてちょうだい。夫の財産は子供たちに譲るわ。これは私の母のお金なの。あなたは私にとって娘以上の存在よ。だから好きにさせて。多少のお金があれば、嫁入り衣装を買うとき重宝するし」

「嫁入り衣装？　そ、それは先走りすぎです！」

ラヴィニアはにっこりした。「たとえ目が悪くても、小塔の部屋でとても大切な何かを邪魔してしまったことくらいわかってるわ。それに、フォレストが指輪のカタログを取り寄せたことも知ってるの」

突然、恐ろしい真実に思い当たって、ロウィーナは衝撃に目を閉じた。そしてまた目を開けて尋ねた。

「その遺言のことをフォレストに話しましたか？」

「もちろんよ。これで、あなたが彼のお金ではなく彼自身を愛していると納得させられるもの。今や、あなたには自分のお金があるんですからね」

ロウィーナは急にヒステリックに笑いだしたが、すぐに自分を抑えた。ラヴィニアを傷つけるわけにはいかない。ありがたいことに面会時間の終わりを告げるベルが鳴り、見舞客たちは帰り始めた。

ロウィーナはベランダの椅子に座り続けたが、早春の花の咲き乱れる美しい庭は目に入らなかった。フォレストの私への態度が変わったのも当然だわ。たとえラヴィニアの実家のものであろうと、ビーチントン家の金庫からお金が出ていくのを放置する気はないのね。きっと大金なのよ。ラヴィニアの実家は海運業で財をなし、ビーチントン家の何倍も裕福だったと聞いたもの。それに最近は羊毛の値段が以前より下がっている上、吹雪や洪水で羊も牧草地も被害をこうむった。私は経験から学ぶことがないのかしら。傷ついてもまだ愛を信じたがり、またしてもだまされるの？　ジェフリーの真意を知ったときは傷ついたかもしれない。でもフォレストの真意を知った今に比べれば、あれはなんでもなかったわ。

翌朝、ロウィーナは退院を告げられた。誰かに迎えに来てもらうかときかれて、彼女はタクシーを呼ぶと答えた。フォレストの車に乗り、長時間二人きりで過ごすのは耐えられない。

牧場に着くまでには結論が出ていた。フォレストと話す機会がありしだい、気が変わったとはっきり伝えよう。大げさな愁嘆場を演じる趣味はない。いっときはムードに流されてその気になったが、よく考えてみたら好きではなかった、とだけ言おう。

早くけりをつけたかったのに、フォレストはなんとはるか北島へ出かけて、しばらく帰れないとのことだった。洪水被害の救済委員会の代表として派遣されたのだ。オークランド近郊の洪水被害地域で、復旧への取り組みを視察しているらしい。

ロウィーナの腕の骨折は順調に回復したが、本人はひどく元気がなかった。

たぶんフォレストがいないせいね。でも大丈夫。あと二日で帰ってくるから、とラヴィニアは思った。

金曜日、手紙を仕分けしていたロウィーナは、見覚えのある手書き文字に思わず目を凝らした。信じられない！　ジェフリーからだわ。

震える指で封を開く。一度読み、さらに読み返し、いまだかつて経験したことがないほどの怒りに身を震わせながら手紙をテーブルに置いた。

ジェフリーは結婚していなかったのだ。

〈ジョシーにはつかの間熱を上げただけで、もう冷めたよ。君を失い、すべてを失ったと気づいた。君こそ生涯ただ一人の女性だ〉と書いてある。エインズリー・ディーンに日参し、ついにマーゴットからここの住所を聞き出したらしい。〈帰っておいで、ロウィーナ。それとも僕がそっちへ行こうか？　ひと言返事をくれれば、すぐ君のもとへ向かうよ〉

ロウィーナは勢いよく立ち上がった。〝君を失い、すべてを失った〞そうでしょうとも。そして甘い言葉で誘えば、私を取り戻せるとうぬぼれているのね。その鼻をへし折ってあげるわ。容赦しないわよ。

彼女は自室に戻り、窓の前のデスクで怒りに任せて長い手紙を書いた。〈……というわけで、もうその手は通用しないわ、ジェフリー。昔の私は世間知らずで、あなたを信じきっていたけど〉そこで便箋の最後になり、紙を破り取って次のページに書く。〈絶対にあなたとは結婚しないわ。将来もし結婚することがあるとしたら、相手は億万長者よ！〉

ロウィーナは書き終えた手紙を読み返して、激しい怒りが不意にしぼむのを感じた。こんな手紙を出すのはやめよう。感情的すぎてみっともない。この怒りは、本当はジェフリーではなく、彼と同類だとわかったフォレストに向けられたものなのだ。

ロウィーナはしばらくぼんやりと座っていた。手紙はやめて、簡単な電報ですませよう。〈残念ながら、そのお話はもう手遅れです。ロウィーナ〉これなら、タウファイの郵便局員には、なんのことかわからないだろう。電話で海外電報を頼もうと、彼女は部屋を出た。

開けっ放しの窓から強い風が吹き込み、手紙の最後のページが舞い上がって庭の芝生へ落ちた。

そのあと、ロウィーナは正餐《せいさん》室で本を読んでいた。するとドアが開いてフォレストが入ってきた。

目を上げた彼女は、たちまち何か起きたのだと悟った。以前にも怒った彼を見たことはある。でも、こんな顔は初めて見た。唇はきつく結ばれ、目は真っ黒に陰り、一枚の紙を両手で握り締めている。あからさまな侮蔑の視線に、彼女はたじろいだ。

「またしても僕はかもにされたらしいな。まったく大ばか者だったよ。不利な証拠が山ほどあったのに、君を信じた。疑わしい点は多いが、納得のいく理由があるはずだ。退院したら、君がすべて説明してくれるはずだ。そう自分に言い聞かせてきた」彼は苦々しげに短く笑った。「君が退院したと叔母から電報をもらって、無理やり帰りの便を早めたんだ。あと何キロ、あと何分で家に着く、と指折り数えていたよ。ところが二分前に、これを拾った」彼は紙をロウィーナに突きつけた。

いったい何かしら？　受け取った紙を見て、ロウィーナの心臓は凍りついた。〈絶対にあなたとは結婚しないわ。将来もし結婚することがあるとしたら、相手は億万長者よ！〉確かに、これだけ読めば誤解を招く文面だ。ロウィーナは彼を見上げた。「何を言っても、聞いてはもらえないんでしょう？」

「ああ、無駄だ。今回は、どんな言い逃れも通用しない。そこに確かな証拠があるんだから」

そして彼は口をつぐんだ。その沈黙には、非難と不信と深い心の痛みがあふれていた。

ささやくような小声で彼女は訴えた。「あなたとは結婚しないと決めたの。あなたが帰りしだい、話すつもりだった。でもそう言っても、信じてくれないわね」

彼はまた笑った。「いや、それは信じるよ、ミス・フォザリンガム。そう決めたのは、叔母が全財産を君に譲ると知ったときだろう？」

自分の財産ができた私は、億万長者ではないフォレストとは結婚しないと決めた。彼はそう思っているのね。もうたくさんだわ。これ以上何か言ったら泣きだしてしまいそう。だからロウィーナは黙って死刑に近い宣告を受けた。

「十月の終わりにリンジーが大学を卒業して戻ってくる。そのあとは、彼女が叔母の面倒を見る。どういう意味か……わかるな？」

「ええ、よくわかりました」彼女は立ち上がった。

部屋を出ようとすると、この屈辱的な展開に追い打ちをかけるように、背後で彼が言った。

「手紙が風に吹かれ、僕の足元まで飛んでくるとは、君にとって実に気の毒な偶然だったね。あるいは、僕の守護天使の計らいかな。まったく女性というのは、どこまで下劣に狡猾《こうかつ》になれるんだ？」

どっと涙があふれて、ロウィーナは便箋を握り締め、青ざめた顔で寝室へ駆け上がった。ドアを開けたとき、階段ですれ違ったラヴィニアがフォレストに話しかける声が聞こえた。

「あなたとロウィーナは、またしても、お互い何かを誤解したんじゃないの？」

「とんでもない。今回初めて、お互いを完璧に理解できましたよ。はっきり言っておきます。叔母さんは干渉しないでください」

それからもなんとか日々は過ぎていったが、ロウィーナは何をしても楽しめなかった。フォレストはよそよそしく無口で、夜は自分の部屋にこもり、ロウィーナに話しかけようとはしない。必要な連絡はネリーかヘザーを通して伝えてきた。

ある日、ラヴィニアが泊まりがけでクライストチャーチへ出かけた。フォレストもオマルへ出かけて留守だったので、ロウィーナはメイド二人に休みを与え、自分は車でジェラルディンの美容院へ行った。

帰り道、バス停近くに停《と》まっている車が見えた。通り過ぎるとき、運転席の男性が顔を上げた。ダーク・サーギソンだわ！

驚くのはばかげている、と彼女は自分に言い聞かせた。どこにいようと彼の勝手だし、フォレストと修復不能なほど仲たがいした今、ダークが現れてもこれ以上厄介な事態に陥る余地はない。

家に帰るとすぐ電話がかかってきた。聞き覚えのない甲高い声が、リンジーの母親はいるかと興奮した口調で尋ねた。母親はとうに亡くなり、親代わりの大叔母は留守です、とロウィーナは答えた。

「あなたは誰なの？　リンジーのお姉さん？」

「いえ……何かご用ですか？」

「ええ。あの若い娘さんは大変なことになりかけてるわよ。駆け落ちしようとしてるの。既婚者の男性とね。独身だと思ってるみたいだけど」

「なんですって？　どうしてそんなことをご存じなんですか？」

「私が彼の妻だからよ」

ロウィーナはめまいがしてきた。「あなたのお名前は？　駆け落ちって、どこへ？」

「私はミセス・ダーク・サーギソン。ニュージーランドに着いたところよ。私立探偵に夫の動向を探らせていたの。今日、この娘さんが寮を出たとわかった。寮母さんに事情を話してリンジーの部屋を見せてもらったわ。そして彼の手紙を見つけたの。結婚許可証が用意できたから三時半にバス停で待ってる、と書いてあった。彼女が週末は家に帰ると言った、と寮母さんから聞いて、ずっと電話してたのよ」

「今日はみんな出かけていて、私が今戻ってきたところなんです」これでダークがバス停にいた理由がわかった。ああ、まだ間に合うかしら。もし二人がオマルやダニーデンのような都会へ行ってしまったら、もう見つけられないだろう。

ロウィーナはさっそく行動を開始した。ダークの妻の連絡先を書き留め、ランドローバーに飛び乗る。オマルやダニーデンへ行くには、ここから一番近い町のジェラルディンを通る。あそこで給油するかもしれない。もしあそこにいれば捜すのは簡単だ。

ふだんは無謀な運転はしないが、今はアクセルを踏み続けた。フォレストがいてくれたらいいのに。彼のグリーンの大型車とすれ違わないか、目を配らなくては。私一人では、勝手に警察に連絡はできない。世間に知られてスキャンダルになったら、彼は激怒するかもしれない。

ダークの車に似た灰色の車を見るたび、希望を抱いて追いかけた。見つけたら、向こうが停まるまでぴったり後ろについて走ろう。なんとかして彼が妻帯者だと知らせさえすれば、リンジーはばかなまねをやめるはずだ。でも、もし見つけられずに彼女が重婚罪を犯すことになったら……。

ジェラルディンに着いた。小さな町なので、どの駐車場にも店先にもダークの車が停まっていないことはすぐに確かめられた。今日結婚式を頼まれなかったか牧師館できいてみよう。場所は知っている。教会の隣――巨大な木が並ぶ雑木林の奥だ。

ロウィーナは車を停めて外に飛び出し、林のほうを見た。リンジーだわ！　信じられないことに、雑木林の小道をリンジーが歩いてくる。彼女一人だ。小さな旅行鞄《かばん》を提げて、髪も服も乱れ、ひどく動揺しているように見える。

おかしな話ね。人はいつも奇跡を願うけれど、いざ奇跡が起こると、とても信じられない。

「リンジー！」ロウィーナは走りだした。

リンジーはぎくりとし、それからほっとして、そのあと、とてもばつが悪そうな顔になった。

ロウィーナにはリンジーの感情を分析している暇はなく、ただまっすぐ近づいていた。「リンジー、どこへ行く気なの？　ダークはどこ？」

「なぜダークと一緒だったと知っているの？」

「彼の奥さんから電話があったのよ」あまりに取り乱していたので、彼女は何も考えずに口走った。

リンジーの顔から血の気が引いた。「ロウィーナ、私……吐きそう」

ロウィーナは彼女を雑木林の中へ連れていった。そして気分の回復を待って言った。「さあ、何があったのか話してちょうだい」

追いつめられた小動物のような目で、リンジーはあたりを見まわした。「ここを出ましょう。今は彼から逃げているところなの。彼はめちゃくちゃに怒っているのよ」彼女は震えた。

「私が一緒にいれば、彼は手を出せないわ。でも、とにかく車に乗って、急いで帰りましょう」

ランドローバーが走りだすと、リンジーは安心したらしく語り始めた。「駆け落ちするんだと思っていたの。フォレスト叔父さんに仕返しするつもりだったのよ。ダークをクライストチャーチからこっそり遠ざけるなんてひどいと思ったから。駆け落ちはロマンチックでわくわくしていたわ。そうしたらダークが言ったの。まずは、ひと晩二人で過ごせば、フォレストもつべこべ言わずに結婚を許してくれるって。そのとき、急に気づいたの。彼は結婚する気なんかないって。ただ私を……抱きたいだけだと。安っぽく飾り立てた下劣で恐ろしい人だと。だから言ったの。バスで家に帰るからジェラルディンで降ろしてくれって。でも彼はただ笑って走り続けた。

私は必死だったわ。遠くまで行ってしまったら彼から逃げられない。そう考えて……」

「考えてどうしたの、リンジー？」

「横からハンドルを奪って左に切り、車を側溝に落としたの」

「リンジー！　大事故になったかもしれないのよ」

ロウィーナの声には恐怖と称賛がこもっていた。

「でも、ならなかったわ。アクセルは壊れたけど。彼が悪態をついている間に、私は逃げたのよ」

「よくやったわ！」

　厳しい非難を恐れていたのに手放しで褒められて、リンジーは泣きだした。ロウィーナは好きなだけ泣かせてあげた。これで緊張がほぐれるだろう。

「ハンドバッグは車の中に置いてきちゃったの。代わりにこの鞄をつかんでいたわ。お金もないし、彼に見つかるのが怖くて、林に隠れていたの」

　そのとき、横道からレッカー車が現れた。灰色の高級車を引いて近くの修理工場へ入っていく。

「ああ、彼だわ」リンジーが叫んだ。

　ロウィーナは決意を固め、車を歩道に寄せて停めた。「リンジー、あなたはここで待っていて。彼が二度とあなたに近づかないよう、話をしてくるわ」

　リンジーが止める間もなくロウィーナは外に出た。

「ミスター・サーギソン、お久しぶりね」ロウィーナは工場へ入り、甘ったるい声で呼びかけた。すぐ近くに修理工が立っている。「通りすがりに偶然あなたを見かけたから。リンジーを家へ送っていくところよ。実は、あなたに伝言があるの」

「で、伝言？」ダークは粋な口ひげの下の赤い唇をなめた。いつになく青ざめ、落ち着きを失っている。

「ええ、あなたの奥様からよ。牧場に電話をいただいたわ。あなたがリンジーに書いたメモを見つけたそうなの。もしあなたに会ったら、連絡先を伝えてほしいと頼まれたわ。クライストチャーチのリアルトホテルにお泊まりですって」

彼は何も言わなかった。顔が真っ青だ。

「もう二度とお会いすることはないでしょうね。さようなら」ロウィーナはきびすを返して修理工場を出た。リンジーのためにこの件をどう処理するのがベストかと考えにふけっていたので、給油に立ち寄ったグリーンの大型車には気づかなかった。

また車に乗り込むと、リンジーがきいた。

「ロウィーナ、フォレスト叔父さんはどこ？」

「オマルに行ってるの。たぶん、お帰りは夜だわ」

「ねえ、叔父さんに知らせる必要があると思う？」

「その必要はないでしょう。それから、今夜は寮に戻ったほうがいいと思うの。さもないと寮母さんが誤解して、あなたの評判に傷がつくかもしれない。急行バスに乗れるようにバス停まで送るわ。お金は私が持っているから大丈夫よ。先に寮母さんに電話して事情を話し、ついでに他言しないように口止めもしておくわね。ミセス・サーギソンには電報を打つわ。さあ、気を取り直して。寮母さんに厳しいことを言われても受け止める覚悟をするのよ」

リンジーはうなずいた。「ええ、自業自得だもの。それに寮母さんは親切な人よ。口も堅いし」

ロウィーナはリンジーの髪と服をなんとか見られる程度に整えて自分のハンドバッグを貸すと、バスのチケットとコーヒーとサンドイッチを買って渡した。バスを見送ると、安堵《あんど》のため息がもれた。きっと今回の体験がいい教訓になって、あの子は二度とばかなまねをしないだろう。

屋敷に着いたときは本当にほっとした。腕とあばら骨の痛みがぶり返し、激しい頭痛までする。とにかくフォレストより早く帰れてよかった。彼には知らせないほうがリンジーのためだわ。男性がこの種のことにどんな反応を示すか知れたものではない。

帰宅したフォレストは、珍しくロウィーナが一人戻るので叔母さんを診察できるという返事が届いた。

フォレストに話すと、礼儀正しい感謝の言葉が返ってきた。ただ、それだけだった。

「ちょうど月曜日に新車が届く。リンジーの卒業祝いだ。君が去ったあとは、リンジーがその車でラヴィニア叔母さんをどこへでも連れていける。君も叔母さんをクライストチャーチへ送るのに使ったらい い。僕は新しい仕事の件でしばらく北島へ行くが」

「新しい仕事?」

「羊だけでなく、畜牛ビジネスを試してみたいんだ。君はもう新しい仕事を見つけたのか? 推薦状が必要かな?」彼はこわばった口調できいた。

「あなたの推薦状は必要ないわ。有能だとは書いても、信頼できるとは決して書かないでしょうから。辞めることは、叔母様には最後まで黙っておくつもりよ。サー・ガイの診察を受ける前に動揺させたくないの。私はイギリスへ帰ります。それから、叔母でいるところへ現れ、話しかけてきた。

「今日はランドローバーを使ったのか?」

「ええ、美容院へ行ったけど三時には戻ったわ」

「それは妙だな。四時半にジェラルディンの修理工場で君を見かけたぞ。ダークと一緒だった」

ロウィーナは吐き気を覚えた。でも問題はもう解決した。今さら彼に話してリンジーを傷つけるつもりはない。「あら、まあ。私に何をきいても嘘《うそ》しか返ってこないことくらい知っているでしょう」平然と言ってのけると、彼女はその場を離れた。

十月になると、薄紫のライラックと黄色のキングサリが見事な花房を重く垂れて、本格的な春がやってきた。雪や洪水に痛めつけられた牧草地にも回復の兆しが見える。ロウィーナは、タウファイを去る日が刻々と近づくのを感じた。ダニーデンに滞在中のサー・ガイにラヴィニアの目を診てもらえないかと手紙を出してみると、来週クライストチャーチへ様の弁護士に会ったわ。私への財産贈与と相続は撤回されました。どうぞご安心ください」

フォレストは背を向けて部屋を出ていった。ロウィーナが得たのは、少しの空虚な満足感だけだった。

フォレストが十日間留守にするので、ロウィーナはその間に出ていく計画を立てた。リンジーが戻ってくるまでに一週間ほどあるが、それくらいの期間ならネリーとヘザーでなんとかなるだろう。

ラヴィニアの診察を終え、眼科医はウェリントンの学会へ出かけた。検査結果は後日送られてくる。

ロウィーナはこっそり荷造りを始めた。ある夕暮れ、ちょうど星が輝きだすころ、彼女は一人思い出にふけろうと小塔の部屋へ行った。洪水の直前、フォレストと過ごした夢のようなひとときをよみがえらせたい。でも無駄だった。その後の出来事が次々に浮かび、魔法は解けて思い出は台なしになった。

たちまち一週間が過ぎ、次の火曜日が来た。明日はラヴィニアに辞めることを告げなければならない。そして木曜日に出ていくのだ。金曜日にはタウファイの支配者が帰ってくる。屋敷から私の姿が消えていれば喜んでくれるだろう。

火曜日の午後遅く、西日に照らされた小塔が芝生に長い影を落とすころ、ライラックの甘い香りに満ちた窓辺で、ロウィーナはラヴィニアのために朗読をしていた。いつか、ここを遠く離れて思い出すのは、こういう静かで穏やかな時間だわ……。

そのとき、外で車の音がした。二台停まったようだ。牧童たちが帰ってきたのだろう。ロウィーナは朗読を続けた。ところが不意にドア口に人影が立った。フォレストと、サー・ガイ・チェニングズだ。

どうしてこの二人が一緒に帰ってきたの？

彼女の無言の問いに答えるように、フォレストが言った。「僕は早めに帰ることにしたんだ。たまたま同じ飛行機に乗り合わせたサー・ガイと言葉を交わし、彼が誰かわかった。そしてご親切にも、先生は一緒にうちまで来て、ラヴィニア叔母さんに直接検査結果を話してくれることになった」彼は叔母にほほ笑みかけた。「視力の悪化は食い止められそうですよ。ただしイギリスへ行って、先生のクリニックで治療を受けないと。ロウィーナにつき添ってもらえばいい。それなら心強いでしょう」

　ロウィーナはあっけにとられた。私のことをどう思っていようと、必要なときは利用するわけね。サー・ガイの前では何も言えないけれど、あとでたっぷり言わせてもらうわ。

　フォレストは続けた。「先生は次のご予定があってディナーまではいられない。だがヘザーにお茶の支度を頼んだよ。お茶を飲みながら、叔母さんの目について専門的な話を聞こう」

　ロウィーナは紅茶を注《つ》ぎ、みんなにカップを渡した。彼女の心は凍りついていたが、ラヴィニアを思う気持ちだけは温かく残っている。だからラヴィニアの視力が今以上悪くならずにすみ、むしろ改善するかもしれないと聞いて、とてもうれしかった。

「ところで、『ウィークリー・ニューズ』誌の今週号を見ましたか？」フォレストが突然尋ねた。

「いえ、まだよ」ラヴィニアが答えた。「もう届いてるけど、今夜読んでもらう予定だったの」

「ロウィーナが興味を持ちそうな記事が載ってますよ」フォレストは配達されたままになっていた週刊誌の帯封を切り、あるページを広げた。

　ロウィーナは目を丸くして息をのんだ。二ページにわたり八枚の写真が載っている。農場の写真だ。ニュージーランドではない。イギリスの……ハンプシャーの……エインズリー・ディーンだ！　その上には見出しが躍っている。〝所領経営に成功した数少ない世襲貴族〟本文では、長年試してきたさまざまな土地活用法や将来の計画、推定収益などが紹介され、兄夫婦の写真まであった。

フォレストは何げない口調で言った。「機内でこれを読んでいたら、サー・ガイが話しかけてきた。〝不思議なこともあるものだ。これは私のよく知っている場所ですよ〟とね」

幸い、ほどなくサー・ガイは立ち上がった。「残念だが、もう行かないと。ロウィーナ、また来るよ。週末に泊まりに来るようミスター・ビーチントンが招待してくださった。サーモンがおいしいそうだね。昔のように君の手料理をふるまってもらうかな」

「ああ……サーモンは……信じられないくらい大きいです」ロウィーナはぼんやりほほ笑んだ。

一家は玄関に立ち、私道を去っていく黒い大型車に手を振った。それからロウィーナはすばやく階段を駆け上がった。自室の鏡に映ったのは、蒼白《そうはく》の顔に目ばかり際立つおびえた表情の娘だ。

ロウィーナは肩をいからせ、口紅と頬紅をさして、栗《くり》色のつややかな髪をとかした。さらにドレスのベルトを締め直したとき、ドアにノックの音がした。

「どなた?」

「今すぐ話がしたい。僕のオフィスへ来てくれ」フォレストの声は厳しく容赦がなかった。

またしても呼びつけられて、お叱りを受けるのね。別にかまわないわ。どうせあと二日でここを出ていくのだから。

階段を下りていくと、フォレストがオフィスのドアを開けて中に入るように身ぶりで示した。

彼は窓に歩み寄り、背を向けたまま暮れていく外の景色を眺めている。ロウィーナは、どうしたのかしらといぶかる元気もなかった。精も根も尽き果て、次に何が起きようと、どうでもよかったのだ。

フォレストが唐突に話し始めた。およそ彼らしくない、ぎこちない声だ。「先週、北島からリンジーに手紙を書いた。君が辞めるので、そのあと叔母さんの面倒を見てもらえるかと尋ねたんだ。君はまるで信頼できない。さまざまなことで嘘をつき、僕をだました。そう書いたよ」彼は言葉を切った。

ロウィーナは黙っていた。

「君とダークの間に何があったか、リンジーも知る潮時だと思う、とも書いた。つい最近、ジェラルディンで、君とダークがとても親しげに話しているのを目撃した。そう書いたんだ」

彼がまた言葉を切ったのでロウィーナは促した。

「それで?」

「リンジーから長い手紙が返ってきた。僕こそ、真実を知る潮時だ。そう書いてあったよ。あの日、君があそこにいた理由を書いてきたんだ……」彼はいきなり振り向き、ロウィーナに近づいて両手を取った。「スイートハート、その手紙を読んだとたん、僕は家へ帰る一番早い飛行機に乗った。そしてサー・ガイに出会った。『ウィークリー・ニューズ』誌の記事を呆然《ぼうぜん》と眺めていた僕に、彼は君のことをすべて話してくれたよ。財産目当てにプロポーズして、それから君を捨てたろくでなしのこと。金ではなく自分自身が愛されるかどうか確かめたくて、君が外国へ行ったこと。ああ、僕はどれほど君を苦しめたことだろう!」

フォレストに抱き寄せられても、ロウィーナはまだ身をこわばらせたままだった。顔を上げて彼を見たが、まだ信じられない。本当にすべての誤解が解けたのだ、と希望を抱くのが怖かった。

「君が入院中に叔母から遺言状の話を聞き、さらにオークランドから帰ってきて君の例の手紙を見つけ、僕はまた誤解して君を問いつめてしまった!」

ロウィーナははっとした。「フォレスト、遺言の件を知ったのは私の入院中なの?」

彼はうなずいた。

彼女の表情が変わり、目が輝いた。「小塔の部屋でプロポーズしかけたときは、叔母様が私に財産を譲ることは知らなかったの？」

「もちろんさ。そんなこと全然……ダーリン、もしかして……。なんてことだ！　ロウィーナ、僕たちの間には解決しなきゃならない問題が山ほどあるようだ。だが、それは後まわしにしよう。もっと落ち着いてからでいい。今は、ほかのことはどうでもいい。大事なことは一つだけだ。君を愛している！」

彼が顔を寄せてロウィーナの緑の目をのぞき込んだとき、紛れもないため息が部屋の静寂を破った。うれしそうな安堵のため息は、暖炉のほうを向いて置かれた大きな袖椅子の陰から聞こえた。

フォレストは顔を上げた。「ラヴィニア叔母さん、ここで何をしてるんですか？　さっき頼んだばかりでしょう。今度こそ邪魔しないでください、ロウィーナと二人きりにしてくださいと」

「でも、どこで二人きりになるか聞いてなかったわ」ラヴィニアは澄まして答えた。「だから、お邪魔にならないよう、急いでここへ退散したの。あなたたちはバルコニーへ行くと思ったのよ。ここはプロポーズにふさわしい場所じゃないもの。さあ、私にかまわず進めてちょうだい。ほら、キスして！」

フォレストは大声で笑った。「いいえ、お見せできないほど熱いキスになりますから」彼は叔母の肩をつかみ、廊下に出してから部屋の鍵をかけた。

「ロウィーナ、ここはプロポーズにふさわしくないそうだ。バルコニーへ行こう。あそこにはすべてがある。山も、月も、星も、花も」彼はフレンチドアを開け放ち、彼女に手を差し伸べた。

ロウィーナは彼の肩越しにすべてを見た。タウファイ山と、月と、宵空にまたたき始めた星たち。彼女の緑の瞳は、そのどれよりも輝いていた。

「いいえ。何もいらないわ、フォレスト。あなたこそ私の太陽、私の月、私の星だから」

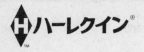

ハーレクイン・イマージュ　2016年7月刊（I-2428）

捨てられた令嬢
2025年5月5日発行

著　　者	エッシー・サマーズ
訳　　者	堺谷ますみ（さかいや　ますみ）
発 行 人	鈴木幸辰
発 行 所	株式会社ハーパーコリンズ・ジャパン 東京都千代田区大手町 1-5-1 電話 04-2951-2000（注文） 0570-008091（読者サービス係）
印刷・製本	中央精版印刷株式会社
表紙写真	© Oleksandr Panchenko | Dreamstime.com

ISBN978-4-596-72807-4 C0297

ハーレクイン・シリーズ 5月5日刊 発売中

ハーレクイン・ロマンス
愛の激しさを知る

大富豪の完璧な花嫁選び	アビー・グリーン／加納亜依 訳	R-3965
富豪と別れるまでの九カ月 《純潔のシンデレラ》	ジュリア・ジェイムズ／久保奈緒実 訳	R-3966
愛という名の足枷 《伝説の名作選》	アン・メイザー／深山　咲 訳	R-3967
秘書の報われぬ夢 《伝説の名作選》	キム・ローレンス／茅野久枝 訳	R-3968

ハーレクイン・イマージュ
ピュアな思いに満たされる

愛を宿したよるべなき聖母	エイミー・ラッタン／松島なお子 訳	I-2849
結婚代理人 《至福の名作選》	イザベル・ディックス／三好陽子 訳	I-2850

ハーレクイン・マスターピース
世界に愛された作家たち
～永久不滅の銘作コレクション～

伯爵家の呪い 《キャロル・モーティマー・コレクション》	キャロル・モーティマー／水月　遙 訳	MP-117

ハーレクイン・ヒストリカル・スペシャル
華やかなりし時代へ誘う

小さな尼僧とバイキングの恋	ルーシー・モリス／高山　恵 訳	PHS-350
仮面舞踏会は公爵と	ジョアンナ・メイトランド／江田さだえ 訳	PHS-351

ハーレクイン・プレゼンツ作家シリーズ別冊
魅惑のテーマが光る
極上セレクション

捨てられた令嬢 《ハーレクイン・ロマンス・タイムマシン》	エッシー・サマーズ／堺谷ますみ 訳	PB-408

※予告なく発売日・刊行タイトルが変更になる場合がございます。ご了承ください。